お前は俺を殺した

佐々木治己

お前は俺を殺した

SASAKI Katsumi

editorialrepublica
共和国

目次

お前は俺を殺した

I

II

I

黒門児童遊園

貧しい人たちは丘の上に、鳥がとまるようにして暮していた。そして一番高い所には、よく洗いざらしのぼろを着た黒人の民衆が。彼らが作り出したギターでひくきびきびとした旋律は、謝肉祭のときには高いところから流れてきて、彼らと共に街の中に入ってくるだろう。

レヴィ＝ストロース『悲しき南回帰線』室淳介訳

彼女は立ったまま眠っていた。御徒町駅付近のガード下で、朝も夜も立っていた。彼女の赤いコートは排ガスや風雨に汚れ、ガード下の暗がりの中では人目につくことも稀だった。彼女はたまに柱に寄りかかっていたが、疲れているようには見えなかった。そして、彼女はあまり移動せず、同じ場所に立ち続けているように思えた。彼女がいつ頃からそこにいるのか分からないが、私が見たのは今から一年ほど前になる。彼女の近くには段ボールで寝床を作り寝起きをする者もいるが、彼女と彼らが話しているのを見たことがない、彼女が何かを食べているのも見たことがない。彼女は彼らとはまるで違っていた。立ち続けている彼女には、彼らのような生活がない。彼らはそれぞれに仕事を持ち、酒を飲み、喋り、ラジオを聴き、ときには喧嘩もしている。しかし、彼女がそこに加わることもなければ、彼らとしても、そんな彼女に干渉することはなかった。彼女はそこに立ち続けているのであり、それ以外は何もしていないのである。私にはそう見えた。

生活を営む場として街が出来たのだろうか。様々な街の形成があるのだろうが、人が住む場所として、生活を営む場所として、街が必要とされていることだけは了解出来るように思える。街の外で暮らすことは、動物のように生き残ることだけが、生きることの目的となる。街の外で暮らす者には、盗賊になる者もいたろうし、放浪する者もいただろう。街から追放された者や自ら出た者は、新たな生活を街の外に見つけるのだろう。街の外から街を眺めているだけでは飢えて、生き残ることが出来なくなるのだから。

演劇は、大雑把にいって二種類ある。共同体内部の問題意識から生まれる演劇、宗教、教育、政治など、共同体の根幹に基づく演劇。もう一つは、共同体の外からやってきて、共同体が持つ価値観に寄生し、補完する見世物としての演劇である。これら二つの演劇は母体を共にしながら、環境や生い立ちはまるで違った演劇なのである。この二つの演劇が混同され現在の演劇が形成されている。その混同は数千年にも及ぶのだろう。

御徒町駅付近のガード下から彼女の姿が消えた。どこかへ行ってしまった、または亡くなったのではないかと思ったが、一ヶ月もするとガード下から徒歩五分程度の小さな公園の植え込みの縁石に座っていた。正確には立つことが出来なくなっていたのである。その公園は黒門児童遊園という隣に派出所がある小さな、申し訳程度の遊具がある通り道のような公園で、最近では喫煙所代わりに利用されている。その公園の一角に彼女は佇んでいた。彼女の足にはギプスがはめられており、横には使う意思もなく放擲された松葉杖があった。人目につくところに現れた彼女は施しを受けていた。一ヶ月もすると彼女はとても臭くなり、彼女に同情的だった人たちも彼女にはあまり近寄らなくなっていった。彼女は糞尿を垂れ流し、衰弱していった。施しは減り、ゴミ袋一杯のパンの耳を切り落としたものなどが側に置いてあったが、彼女が一時に食べる量にも限度があるからか、またはパンの耳ばかり食べていることも出来ないからか、それらはしばらく後に、糞尿と同じような臭いになってゴミ箱に捨てられていた。

ギリシア悲劇によって神事から国家形成の場へと、民主統治を思考する場へと高められた演劇は、場の形成という意味だけを残し様々な形態に姿を変え、継続されていた。ローマ悲劇のような血の演劇も、ローマ帝国にとって必要なものであったように、ローマ演劇の影響を強く受けたルネサンス演劇が花開くのも国家が帝国を基盤としているときである。また受難劇や神秘劇も教区維持とキリスト教的教育の一環として行なわれたが、ときに熱狂を生み規制された。しかし、その演劇が持つ熱狂性はその後何度も利用され、国家の姿を思考する議会のような場としての演劇という姿を担保したまま、同時に国家が夢想する国民の姿の現れとしても活用されたのである。思い出し、反省を強いる場であり、忘れ去り、熱狂する場としての演劇である。国威高揚の演劇も時を経て見たならば思い出し反省する演劇となる場合もあるが、熱狂の渦中にあるとき、国家と国民はお互いに夢見るのである。このようなときに、自らの意思により、自らの感覚に従い、自らの認識によって判断したと誰が言えるのだろうか。これが演劇における感動なのであり、この感動というものを演劇は当初から持っている。

異臭を放つ彼女を多くの人が見ないように心掛けた。私もまた彼女を見ないように、見たとしても何でもない一つの景色のように、風化する全ての物と同じようにとらえる努力さえした。彼女を相手にする者は、たまたまそこを訪れ、そして二度と来ないような人たちだけだった。彼女は過ぎては行く人たちから僅かな施しを受けていたが、衰弱していった。派出所の警察官の一人が彼女に菓子パンを与えていたが、すでに持て余しているようで、非番のときには来ないと言っていた。彼女は周囲の予想を超えて生き残っていた。彼女の施し物の分け前を受け取っていた彼らもあまりの臭いのひどさに彼女のいる公園には寄り付かなくなった。同情的だった人たちからも不満の声が強くなり、ついに区役所から職員がやってきた。私が呼んだのである。

演劇が二種類に分かれるとき、それは神事的演劇と議会的演劇で分かれたのではなく、共同体形成、国家形成を思考する演劇と、共同体の外、共同体に属さぬ者、思考（共同体内における良く生きるという思考法）を許されない者たちの演劇である。後者の演劇は、共同体の倫理を思考なしに脅迫するのである。このような見世物の演劇はあらゆる手を使い共同体を脅迫する。見世物の演劇と私が呼ぶのは、それらを見世物と呼ぶことによって、私たちの共同体はそれを共同体の価値物として扱うことが出来るからであり、それに名を与えることによって、どうにか自らの倫理を保つのである。見世物は、それらは、共同体が排除した姿を、証拠を強調し、脅しにやってくるのである。

彼女は植え込みの柵に掴まり、もがいていた。どこにそんな力が残っているのだろうか、なぜ彼女はその場を離れたくないのか、と疑問が浮かぶが彼女は答えない。足を怪我した彼女、糞尿垂れ流しの彼女、衰弱し、誰もが彼女の死を予感していた彼女は、抵抗しているのだ。彼女は私を見た、いや、睨みつけた、そして、区職員の強引な牽引を、やめさせるようにと、理由を持たない、論理を持たないような鋭い目で私を脅した。私はたまらずその場から逃げだした。数時間後、彼女の痕跡すらなくなっていた。彼女は区役所に運ばれ、風呂に入り、着替えをして病院に運ばれるとのことだった。そしてその後は施設に入り、私たちには見えないところで治療をし、静かに暮らすのだろう。私たちの共同体はそのようにして彼女を受け入れているのである。

しかし、二週間もすると彼女は戻っていた。車椅子に乗り、清潔な衣服に着替えて彼女は戻ってきた。

現在、共同体が演劇に脅迫されることは稀になった。それは共同体内部の者が脅迫者を演じることによって、そしてまた、そのような演劇の出現を見世物と呼ぶことによって、それらは一つの享楽物となったともいえるだろう。それを演じることは演劇の真実であるかのように、共同体の記憶を呼び覚ましつつ内包されていった。共同体に属さぬ者の演劇は、一度、共同体に入るか、共同体の内部の者が演じることによって、広場や劇場に現れるようになり、形式のみが出現する。共同体はそれらを模倣することにより、名付けることによって、無化していくのであり、私たちは演じられる脅しの偽装に安心しているのである。

能による服《まつろ》わぬ者の表象、河原者の伝統化、反体制のパロディまたはロマン化、若者文化への消費的価値の付与、こういった例は枚挙にいとまがない。

彼女はよく喋るようになった。区職員に連れて行かれるときに置いていった彼女の荷物がないと言っていた。お金がなくなっているということだった。彼女は全てを持っていったではないか。清潔になった彼女には、再び多くの施しが与えられるようになった。彼女は食べきれない程の食べ物を施され、日に日に元気になっていった。朝方には彼女が煙草をふかして道行く人たちを眺める姿が何度も見られた。車椅子のお陰で彼女はあちこちに移動していた。彼女は車椅子から降りて立ち上がることはないため、糞尿は垂れ流しであったが、ときにはゴミ箱に自らの便を捨てている彼女の姿があった。彼女は目を合わせると恥ずかしそうに、便を捨てる手の動きを止めた。彼女の足はとても悪いようで、病院では足を切り落とさないと命が危ないと言われたらしい。彼女は手術を断った。そして施設に入ることも断ったのである。区職員によると、本人が希望しない限りは無理矢理手術も出来ず、施設に入れることも出来ない。また、他の公園利用者からの苦情があったとしても、彼女は車椅子に乗っているのであり、公園に住んでいるのではないから強制退去を迫ることも出来ないし、公園の一歩外に出してもまたすぐに戻ってくるだろうから、あのまま放置することしか出来ないということであった。隣の派出所の警官にとっても公園内にいる限りは管轄外であり、保護して欲しいという本人の希望もなく、また、彼女が犯罪を犯しているのではないから取締まりの対象外なのである。彼女は車椅子に乗り、糞尿を垂れ流し、様々な人から施されているだけなのである。彼女は権利を放棄している、または使用しないでいる代わりにあらゆる義務からも解放されている。区役所も警察も彼女には何も出来ず、彼女を放置しておくことを、彼らの制度によって説明するのである。彼女は何の違反者でもないと。

共同体に取り込まれた共同体に属さぬ者の演劇は、共同体を思考する演劇を変質させる可能性を持つ。共同体に属さぬ者の演劇は思考がない者、思考が許されない者の演劇であり、「現れる」だけで、共同体に反省を強いたものであった。しかし、共同体に取り込まれたときには、現れることが容易になるばかりか、共同体の外部が現れるといった形式がナニモノかであるように表象され、演劇の真実であるかのように振る舞うことで共同体を思考する演劇の構築した場を乗っ取るのである。共同体に属さぬ者の演劇があったとしても、それは演劇史に書き込まれることはない。演劇史に書かれる場合はそれらが共同体に取り込まれたときである。見世物の演劇の特徴が強調と脅迫であることから、強調と脅迫を一つの演劇の特徴として見ることが出来るが、これらが共同体に取り込まれるときには、強調、脅迫もなくなっていくのである。そして演劇が本来保持していた共同体内の思考を喚起する演劇という側面も失ったとき、演劇は思考の場でも、脅迫の場でもなくなり、二つの演劇は形だけを残すのである。しかし、その二つの演劇はなくなることがない、形から再び蘇る。街が壁に囲まれなくなったとしても、共同体の壁はあるように、共同体から排除された者、自ら出た者はいるのである。その者たちの姿は街の至るところにあるのである。それらの者たちを演じるのではなく、それらの者たちが再び演劇の場、共同体の中央に現れたとき、一人の芸術家によって芸術利用の搾取として表象されるのではなく、それらの者たちが法制度を嘲笑い、神性を利用し、共同体の倫理を超えて現れたとき、共同体は再び脅迫されるのである。このとき、共同体を思考する演劇もまた思考しはじめるのだ。

彼女を見ながら「あそこまでいって、どうして自殺しないんでしょう。俺だったら自殺する」と何人かが言っていた。彼女は自殺しない。自殺する理由がない。自殺をするのは私たちなのである。

翌年、彼女は死んだ。七月の暑く蒸した日だったという。黒門児童遊園に備え付けてあった灰皿は撤去され、公園内は禁煙になった。公園に備え付けてある少年の像は、以前は定期的に衣服が替えられ、雨の日には雨合羽を着せられていたのだが、彼女がこの公園に現れてからは、少年像に服を着せる人は現れなくなり、彼女が死んでからも、少年像は服を着せられないままである。最近、女性のホームレスが一人、公園内に現れるようになった。自転車に乗り、本人から言われなければホームレスとは思えないほど衣服は綺麗である。彼女は公園内とその周辺を掃除している。公園内で煙草を喫う人たちに注意をしている。道路にある標識が見難いと派出所に苦情を言っている。彼女はこう言った。「ホームレスになるまで気が付かないことはいっぱいあった。ホームレスがどう見られて、どう扱われているのか、それはホームレスにならないと分からない。みんな規則を守らないし、意見を言っても何も聞いてくれない。それは私がホームレスだからだし、みんなホームレスを馬鹿にしているからだ。ホームレスにならないと分からないこともあるんだ」と。一カ月もすると彼女はどこかへいなくなってしまった。

彼女の言葉は、どこにも届かない。彼女の言葉は、彼女の意に反して私たちにはすでに分かっていることなのだから。

（劇団解体社『私の舞台』二〇〇九年十二月、『最終生活』二〇一〇年、九月）

私たちは何をしているのか分からないが何かをしている。

エグダル中尉だってわからなかったんじゃないですか、自分が何をやっているか。

イプセン『野鴨』原千代海訳

偶然に居合わせた男の独白の内容

観劇の心得、あるいは寛容になってもらうための一つの方法。

「おお、時間よ、体力よ、現金よ、そして忍耐よ！」

メルヴィル『白鯨』八木敏雄訳

以下、偶然に居合わせた男の独白。

「あなた方は確実にお金を支払った。もしくはお金に交換可能な代価を支払った、あるいは支払う。そのため、あなた方にはある権利を主張することが許されたのである。そしてその権利を主張することにより金銭またはそれに等しいものと、その権利を交換したことを認めるのだろう。これは契約である。私とあなたの契約、彼らと私たちの契約であある。たとえあなた方が何か分からぬが何かである不要物と交換したにしろ、あなた方が何らかの何かを受け取られた契約は成立、当方と致しましては笑顔でお見送り致したいのでございます。でございますから、その何かをこちらから説明してしまいますと、説明なされたものとご自分が受け取ったものは違うものだとして、二週間以内の返品行為が出来ると思われることも当然です。説明されたものと受け取ったものが違うと不満に思うということは、受け取ったものに不満があったのではなく、実は説明に対して不満があったということが、しばしば起こるものでございます。そういった不幸なすれ違いで、ご迷惑をかけることは、私が全く望まないことです。お互いにとって有益であること、それが契約をお互いが守ることの大前提となるのです。そして今日、幸い今日お出でのお客様はみなさん想像力に恵まれた方とお見受け致します。想像力なくして、何をしているのか分からない何かを、何も観に来ようとは思いますまい。それが血肉を分けた兄弟の何かであろうとも、想いを寄せる背の君の何かであろうとも何か分からない何かに想像力を駆使せねば興味を惹かれることはないのでございますから……。当方と致しましては何かを明示しないことで、お客様方に何十日なり何日なり、数時間なり、数分、数十秒なり過ごしていただいただけで、この度の催しは終了したも同然でございます。今お席を立たれようとされた方、あなたの判断はとても正しいのです。私が何かに説明を付けてしまっているように思えたのでしょうから、気分を害されるのはごもっともでございます。ですから私のことは、その何かの説明をする者ではなく、偶然ここに居合わせた、何かとはまったく関係のない独り言を言っている偶然の産物だと思っていただければ幸いです。難しいことではありますまい、私はごちらかと言えば人間です、犬が芸をしこまれて、ここで披露するよりも偶然である可能性が高いのですから、その、少し大目に見てくだされば、私はこの「私たちは何をしているのか分からないが何かをしている。」との関係が薄いことがおのずと見えてくると思います。それに私は、私のしていることが何であるのか良く分かっているのですからね。そうです、独り言といえば、私は最近、独り言を録音して聞いてみたのです。独り言を録音するのですから大変でした。いえいえ、独り言を一人で録音したのではありません、私財を投じ、忍耐強く、仲間を鼓舞し、やっとこさ、努力の果てに録音したのです。私が何かのときに備えていた虎の子はお陰で傷だらけになってしまいました。テープ代だけで一ヶ月に十一万一六〇〇円、アルバイトさんを時給八〇〇円で雇い交代で働いてもらい一ヶ月五十九万五二〇〇円、そして部屋から出掛けず、働きもせずに耐えに耐えて、録音されているのも忘れ、やっと自然に独り言が出るまでに半年も掛かってしまいました。そうです、独り言を難なく言う為に六ヶ月もの時間、それに伴うお金、信用が羽を生やして飛んでいってしまいました。そして得られた独り言は「ああ」や「ん〜」がほとんどです。たまにまとまったことを言ったとしてもごこかの本にでも書いてありそうな、格好良さ気な人生訓でした、情けないことに私は格好つけていたんですよね、アルバイトの子たちに。こんなことばかりで、私の夢は終わり、全てが水泡に帰するところでございました。ですが、計画も中止と思われる切迫した経済状態、精神状態の私に嬉しい知らせがありました、唸り声でも掛け声でも格好つけた言葉でもない私の、私の独り言が録れた、私の飾らない独り言が録れたとの有難い知らせがありました。幸い私に独り言を録音される才能があったからでしょうが、私にとっては奇跡とでも呼びたい事件でした（あの苦悩の日々を思い起こされたい！）。私は固唾を飲み、手に汗握り、その独り言を聞いたのです。私は驚きました。幸い丸暗記しているので私の独り言を一言漏らさずここで暗誦しましょう。「一体、俺たちは何を作っているのだ？　さっぱり分からない。工場では一人一人が何かを作っていました。俺たちが作っているもの、それは部品だよ、何かの部分さ。工場では一人一人が何かの部分を作っていました。しかし何の部分だ？組み立ててみれば分かるだろう。工場では一人一人が組み立てれば分かる何かを作っていました。組み立てたぞ。しかしこれは何だ？　工場では一人一人が作った部品を組み立てて何かを作り上げました。とにかく出来た。これ以上はどうにもならない。工場では一人一人が作った部品を組み立てて何かを作ったのだけれども、それは何か分からなかったが、確実に出来上がりました。さあ、次を作ればきっと分かるさ。ああ、きっと分かるさ」。これが私の独り言でした。なぜお話し風で、なぜ工場であったのか、それは私にも分からないことです。なぜなら、私に予期しない独り言を私は録音したのですから。そして私は独り言をこれ以上録音することを止めたのです。私は独り言が録音出来たから独り言を録音することを止めたのではなく、私の独り言が私自身であるような気がしたのでこれ以上の録音を止めたのです。後に残されたのは請求書と私の唸り声が入った大量のカセットテープ、それに、今、私に向けられる冷たい視線です。ですが、私、私自身は何をやっているのかちゃんと分かっています。私はうだつのあがらない、人を小馬鹿にするニタニタした男に紙を二、三枚渡され、皆さんの前でそこに書かれている日本語を読んでいるのです。読んでいるだけなのです。幸い私は日本語が読めます、あの男の狙いはそこなのです。そして私は紙に書かれたことを丸暗記して読んでいるのです。主義主張を持ち得ない私みたいな者にとって、今できることといえば、この程度なのでございます。後はこの手を挙げる、出来るだけ大きく、皆さんの後ろにいる男に見せるためです。みんながグルになって私を操る。ですが私は何をしているのか、しっかり分かっているのです。ハイ」

偶然に居合わせた男は手を挙げる。するとブザーが鳴り「注意事項」（退出の自由、居眠りの自由、しかし鼾《いびき》が煩いときには起こされる可能性があること等）がアナウンスされる。「注意事項」が終わると再度ブザーが鳴る。

偶然に居合わせた男の挨拶。

「それではこれより暗くなります。私はそろそろお暇させてもらいましょう」

偶然に居合わせた男はお辞儀をして、退場する。拍手に包まれるのが理想的であるが御捻りはご勘弁いただきたい。舞台が始まろうとしている。

舞台、それ自体は雑然として何らまとまりのある印象を与えない。中央には今後「部屋」と呼ぶべき空間がある。「部屋」は壁で仕切られているのだが、この壁は約束としてあるだけで実際には何もない。そして壁伝いに箪笥、机、ベッド、背の低いキャビネットがある。それらは客席から見たときに他の物を隠さないように配置されている。机の近くには背の高い椅子が一脚、ベッドの側に背のない丸椅子がある。机の上に花瓶やノート、複数のペンなどの文房具、その他、机の上にありそうな、あっても違和感がないようなものが整頓されて置いてある。そしてキャビネットの上には数種類の果物、皮を剥くためのナイフなどがある。果物は籠に入っていてもよい。ベッドの近くに屑籠、丸椅子と同じくらいの小さな台があってもよい。これらの家具は使い易いように配置を換えることも必要である。そして「部屋」の中には二人の人物がいる。ベッドの中で寝ているのは「女」であり、丸椅子に腰掛け女を看護しているように見える「男」の二人である。男の視線は女に向けられているように思えるが女を見ているのではない。二人は自ら動くような印象を与えない、生き生きとはしていない静物画のような印象を与える。「部屋」は「いつ」「ここ」など断定しえない存在の中にある。女と男は「部屋」の色調に合うような服装である。そして「部屋」の入り口には記帳台があり、ベンチが入り口を挟むように置いてある。記帳台とベンチがある場所は「部屋」の外である。言い忘れたが「部屋」の中にはハンガースタンド、あるいは数人の外套と帽子が置けるような物がある。これで舞台の中央にある「部屋」の説明は終わりである。舞台を観ている方はお気付きであろうが「部屋」を囲むように点在する「小部屋」が六つほどある。「小部屋」は全て同じ作りで、入り口の向きのみが「小部屋」の個性となっている。「小部屋」の大きさは半畳ほどだが、内容は充実している。まず「小部屋」の入り口のすぐ右手にはハンガースタンドがあり、外套と帽子が垂れ下がっている。そして入り口の真向かいに丸椅子があり、側にはラジカセが一台ある。ラジカセを直に置かないために机があり、ラジカセは机の上に置いてある。これは全ての「小部屋」に共通である。「小部屋」には電気スタンドがあるが場所は使い易いようなところに置く。この電気スタンドが「小部屋」一室一室をそれぞれを明るくする。そして「小部屋」には一人の住人がいる。彼らは通称「彼ら」であり、一人を示すときにはA~Fまでのアルファベットで呼ばれている。それは「彼ら」の中での呼称としては存在せず、私が便宜上用いているに過ぎない。そして「彼ら」はそれぞれの「小部屋」の丸椅子に腰掛け、うなだれている。これから舞台全体のまとめに入ろう。中央に様々な家具のある「部屋」、そこには「女」「男」がいる。「部屋」を取り囲むように「小部屋」があり、それぞれに住人がいる。私たちは「彼ら」と呼ぶことに決めた。「部屋」と「小部屋」以外の舞台は通路であり道であり外である。ここは名称がないため、「外」と呼ぶことにしよう。「外」は舞台以外のなにものでもなく、舞台装置のない舞台なのであるから呼び名がなくては不便である。

説明は以上であるが、今後「彼ら」や「女」「男」の関係によっては様々な物が必要となるかもしれない。だがそれは必要になって生まれてくるのであるから、必要に応じて追加していこう。説明が追加されない場合、それは意図的な間違いであるか、想像によって補うことが要請されている。このことに関しては今後説明しない。

舞台全体が薄闇であるにも関わらず、この後、不自然に暗くなり、暗闇から始まる。また、大事なことを忘れていた。舞台が暗闇になると、舞台奥に明るくなる場所がある。ここは「向こう側」と呼ばれ、舞台が完全に終わってから暗くなる。それまでは最後まで明るい場所となる。

1

「向こう側」のみが明るい。舞台は暗闇であり静寂、何かを期待してしまうような状態に頃合よく足音が聞こえはじめる。すると「向こう側」と客席を遮るように移動する「彼ら」が数人いる。足音が重なり、記帳台でリズムよく記帳する音が聞こえる。三人ほどが記帳を済ますと舞台全体（「部屋」を中心に）が明るくなる。「部屋」の中では二人の「彼ら」が立ち、同じ場所を見詰めている。それはまるでダンテによって書かれた煉獄のようである。見詰める先はブザーが鳴る場所であり、「彼ら」はお互いに関心をはらうことがない。「部屋」の入り口では列が出来、一人一人順序よく記帳する。決して不正を働く者はない。なぜならここは現実ではなく、観念的な虚構であるからだ。そして記帳を終えた者から「部屋」に入り綺麗に並ぶ。待っている「彼ら」の姿勢は踵《かかと》を浮かせ、前のめりである。それは一種の緊張状態であり、「彼ら」にとっては油断も隙もない一瞬であるからだ。最後の一人が並び、しばらく経つと一度目のブザーが鳴る。「彼ら」はそれぞれの持ち場と思われるところへ移動する、慌てるわけでもなく緩慢でもなく移動する。厳かとも書き表せる挙動は伝統的な儀式と誤解されてしまうかもしれない。一人は箪笥、一人は机、一人はキャビネット、一人は入り口、一人は箪笥側の床、一人はベッド側の床といったように、それぞれがそれぞれを干渉せず、また六人で全てが満ち足りているという印象を与える。「彼ら」は家具の中の物を出したり、片付けたり、落ちている物を拾ったりしている。「彼ら」は発見や整頓をしているのかもしれない。だがそれは、あくまで「彼ら」の発見であり整頓であるようにしか思えない。何をしているのか傍目から理解することは出来ない。何かを無理矢理理解したとしてもそれは「彼ら」が与えたのではなく、理解した者が捏造したものにすぎない。そのために「彼ら」が気をつけなくてはならないのは、継続し意味を与えることをしてはならない、ということである。混沌と呼ばれてしまえば混沌に意味がついてしまい、彼らは混沌としていた、と説明されてしまうだろう。だが、混沌と名付けられるような状態になるまで混沌を継続してはならない、私が夢見る理想の「彼ら」とは「彼ら」自身の思惑を裏切る「彼ら」であり、「彼ら」自身に説明がつかない「彼ら」であるのだから。「彼ら」には合理的な理由はない、「彼ら」は「彼ら」の不合理を漫然と受け止める。「部屋」に二度目のブザーが鳴る。すると「彼ら」はしばらく動作を止め、どこか任意の一点を見詰めながら並び、一人一人が定位置に着くとブザーの鳴る場所を見詰めている。そうして三度目のブザーが鳴ると「彼ら」は規則正しく記帳台へと向かい、一人一人が記帳し、終わった者から「外」へ出て、それぞれの「小部屋」へ戻る。帰るときの足取りは重く、回数を重ねるごとに重くなる。ここには多少の意味が出てくるだろう、生物が意味のない行動をするのは視点の違い、あるいは規定された場合であるのだ。今「彼ら」は「部屋」から出たのである。「彼ら」にとって「彼ら」自身が不合理であった事実は薄らいでいく。足取りは大げさに重くする必要はない、ただ少し疲労した、実際にはその程度のことだ。「彼ら」が「部屋」を出ると「部屋」は暗くなり、「彼ら」が入った「小部屋」は明るくなる。「彼ら」が電気スタンドのスイッチを捻ったからということもあるだろうが、それは分からない。そして彼らはそれぞれ、帽子を取ってハンガースタンドに掛け、上着を脱いでハンガースタンドに掛ける。焦らずに折り目正しく行なわれる動作でなくてはならない。「彼ら」は小部屋にある丸椅子に腰を下ろす。「彼ら」全員が座った頃、彼らのうちの任意の一人（A）がラジカセのスイッチを押す。すると他の「小部屋」は暗くなっていく。それは他の「彼ら」が電気スタンドのスイッチを再度捻ったからなのかも

共和国急使

第3号

2015年2月14日

はじめての作品集に寄せて

佐々木治己

　二十歳の頃、入澤康夫氏の元に足繁く通いながら、詩や小説を作る友人たちと文学について毎日のように語り合い、いつか詩集を出すのだと思っていた。何篇も詩を書いているうちに自然と詩集が出るものだと思っていたわけではないが、ノートの束が厚くなっていくとともに、詩集を出す気力も失われていった。すでに書いた、それだけで興味は失せたのである。

　戯曲を意識的に書くようになったのは、その頃からだ。私が書くような詩や小説は多くの人に読まれず、また読まれたとしても一度きりだろう。しかし、戯曲は、俳優によって目の前で何度も読まれ、発語されることで、私にも分かっていないことを教えてくれることに気がついた。そして私は、自分でも分からないことについて書くようになった。

　書いたときに分からなくてもいい、何度読んでも分からなくてもいい。ただ、あるとき、ある俳優によって発語されたとき、私にも分からないことが、その場で鮮明になる瞬間がある。今回、はじめての作品集を出すことが私に何をもたらすのか、そこに興味がある。✴

地上五階より

▼ 2014年中にもう1点は出したかったのですが、イベントや雑務に追われているうちに時間のみが過ぎ、創業10カ月でようやく4点目。4月までにあと3〜4点は出さなければならないので、創業からの1年で8点前後になりそうです。少部数ではあるものの、本当に必要とされることばを、必要としている読者めがけて、精確に届けることができるのかどうか。すでにして土壇場というか、正念場がやってきたような気もしますが、春以降にスタートさせたいシリーズもあるので、どうか引き続きご注目ください。

▼ 既刊の3点は、四六判やA4判などの標準的な規格から外れていたのですが、本書は四六判正寸です。ただし、装幀家の宗利淳一さんと相談して、初版のみ「寒冷紗巻き」という一般にはなじみのない造本にしてみました。戦前・戦中に活躍して去った第一書房や版画荘のような豪華本とは参りませんが、本というブツを手にするよろこび、本というモノの存在感は、もっと強調される必要があってもいいはずです。もちろん限られた予算の範囲内ではありますが、少しでも画一化から離れて、店頭で本を手にとるときの初発の感動を取り戻せれば、と思います。　(naovalis)

料金受取人払郵便

東久留米局
承　認
1143

差出有効期間
平成28年5月20日
まで

(切手不要)

郵　便　は　が　き

203－8790

東京都久留米市本町
3–9–1–503

共　和　国　行

氏名(ふりがな)	性別 男・女	年齢 歳
ご住所　〒		
ご職業		
ご購読の新聞・雑誌等		
お買い上げ書店 書店　県市区　町		

愛読者カード

このたびは小社刊行物をお求めいただき、誠にありがとうございました。
今後の出版活動の参考にさせていただきますので、
以下のアンケートにご協力をお願いいたします。個人情報は厳守いたします。

お求めいただいた本のタイトル

本書をお求めになった理由

1. 新聞・雑誌等でみて（紙誌名　　　　　　　　　　　　　　　　　　　　　　）
2. 書評でみて（紙誌名・掲載日　　　　　　　　　　　　　　　　　　　　　　）
3. 店頭で実物をみて
4. 人にすすめられて

本書を読んだ感想、内容や造本へのご意見、
小社へのご希望などがございましたら、自由にお書きください。

今後、小社からの刊行案内をお送りいたします（　要　　不要　）

小社の刊行物は、お近くの書店・ネット書店でお求めいただけます。
書店にご注文の場合は、「トランスビューの扱いで」と申し添えてください。
小社から直接ご購入いただく場合は、小社ホームページをご覧ください。
http://www.ed-republica.com/

しれない。ラジカセを聴いている者以外は動作が緩慢であり、眠っているかのような印象を与える。このような作業の連続により、ラジカセを聴いている一人のみが照らされているという印象を与える。もちろん「向こう側」(=明日)は明るいままであるが、「小部屋」を含めた舞台全体にその欲望的な光が入ってこないことを願う。

この「部屋」を出て「小部屋」でラジカセを聴く流れは、舞台の最後まで同じであると考えて構わない。変化を示す際には改めて補足する。

「第一のテープ」が流れる(最初の声に対する反応は特に何もなかった)。

第一のテープの内容

全ての無垢について。

「さあ、一つ考えて見よう、何か欣びの名にふさわしい目にあったことがあるかな?」

アリストパネス『アカルナイの人々』村川堅太郎訳

以下、第一のテープ。

「帰ってきた、待ってたよ、よく帰ってきた、ご無事でよくお帰りだ。俺は待ちくたびれたよ、だって考えてもみろ、お前が出て行ってから俺は犬のようにドアと睨めっこしていたわけじゃないんだ、あの発見さ、俺たちの偉大なる一歩、人類の飛躍の瞬間である俺たちの発見から何か答えを見つけだし、引き出し、その、あれやこれやが出来ないものかと知恵を絞り、腕を振り回していたんだ。俺はこう考えた、俺一人じゃきっと駄目だ、もしやこの発見には落ち度があるんじゃないか、もう全てが無駄だと悪魔みたいな誘惑、そりゃそうさ、まさに誘惑だ、俺を惹き付けては、こう何か崇高な俺の意志が必死で妨げ、いや、いい、こんな話は後回しだ。とにかく俺たちの発見が遂に実を結んだ。簡単なことだったよ、いつでも過ぎてしまえば簡単なことなんだ、難しく考えないことは俺たちのような問題に取り組むときには一番難しいことなんだ、俺はやっぱり難しく考えすぎていたんだ。いや、お前が言うところの結論を急ぎ過ぎていたのかもしれないな、しかし、俺がすぐに結果が出ないと苛々する性分だってことはお前もとっくに分かっているだろ？ 分かってないかもしれないけど、実際に俺は苛々しながら結果を待ち望んでいた。そうすると一つの見解が俺の目を覚ました。俺は間違っていた、いや、そう簡単に非を認めるのは結論を急ぎ過ぎることと何の変わりもないかもしれないが、俺は間違っていたんだ。ああ、ある点から見れば俺はまったくの間違いを犯していたということなんだ。もちろん、また別のある点から見ればそれは間違いじゃない、だから俺だって長いことその間違いに捕らわれていたんだ。ある点から見れば間違いで、また別の点から見れば間違いじゃないってのは厄介なことさ。ただ解決出来ない、結果が出ないということが俺を苛々させた。俺の苛々も満更じゃないだろう？ 苛々しないでゆったりと構えていたら、俺は俺の間違いではない視点をまったく変えようとしないだろうからな。だけど俺は結果が欲しかった、解決させたかった。俺はふと思った、これは俺にとって間違いではなく、俺の考え自体は多くの権威に守られ、もはや安心してさえいい、だけど、一体それが何になる？　解決出来ない時点で他の視点をなぜ俺は拒んでいるのだ？　そのとき、お前が言ったことを思い出したんだよ、ああ、幸運にもね。俺たちの発見は別々の視点で同じことをとらえているに過ぎないとね。確かにお前は俺に分かりやすく言ってくれたのかもしれない、俺だって分かりやすく言ってくれさえすれば、ちゃんと理解出来るだけの脳味噌は持っているんだ。そうさ、俺はただ、お前に言われるように少し難しくしていたのかもしれない、いや、そうだ、ここだよ、かもしれない、ここだよ難しくなっていく原因は、俺はすぐに「かもしれない」なんて言うだろ？　そこが俺の間違いだったんだよ、お前の言う崇高なものは両極端でしかないってこと、俺はいつも見逃してしまうんだ。「ある」と「ない」、その二つのどちらかに収束させることが大事な問題でもあるってことをね。俺は常に「ある」と「ない」の間に全てがひしめき合っているんだと信じているから、そうさ、信じるだけだよ、もちろん俺が信じるだけだ、信じるだけなら許してもらえるだろう？　誰に許してもらうかなんてどうでもいいいんだ。許せる存在なんてとうになくなってしまったんだから、そんなことは止めよう、言ってもきりがない。とにかく俺は信じていた。「ある」と「ない」の間を。だけど、その信じることが目の前にぶら下がる発見を見逃してしまうことに繋がるんだ。な、いや、別に意地を張っているんじゃない、ただ俺の信じることから俺は何もかもを引き出したくなるんだ。お前を批判しているわけじゃない。俺自身の問題としてそういったことがあるだけだ。面食らうだろ？　突然、俺を取り囲むありとあらゆるもの、俺を形成するもの全てが「ある」か「ない」かの問題となり、「ある」か「ない」かの結果になってしまうんだからな、いや、そうじゃない、俺にとって突然だったというだけさ、考えてもみろよ、多少分からないことは多少馬鹿にするのが俺の流儀で、本来の姿、裸の自分なんだぜ、俺は何もかもが分かってるなんて最初から言ってないだろう。よせよ、確かに保身だよ、俺は考えを改めることが、正直な話、嫌いだ、もちろん、考えを改めないのは悪いことだって吹聴してるよ、だけど俺は嫌いだ。それに俺の知っていること以外は知りたいとも思わない、特に俺の知っていることに都合の悪いものなんて見る価値すらないね。だけど、そういった偏狭な考えは悪いことだと全国を行脚しながらでも言ってやるよ。そうさ、本当に良いと思うのは良いものだ。俺の考えと多少違っても俺は受け止める。そうだったな、まったくそうだ、お前に言わせれば俺は俺の考えと一致する、もしくは多少重なるものは、はじめから俺の中にあったものだと思い込む癖があるからな、俺が良いと思うことは大概、俺が良いと思いたいものでしかない。おい、前々から思っていたんだが、この際はっきりさせておこうじゃないか、このことに関してはちゃんとさせておかなくちゃならないからな。俺がお前の言うように視野が狭く、狭量な奴だったら、生まれたての赤ん坊の頃からいままで何も受け取らず、何も変化しないでいただろうよ、そりゃ言葉も話せない、何も出来ない、今になっても母乳が欲しくて喚き散らすような奴だったろうよ、だけど俺はちゃんと言葉も話すし、母乳以外を欲しがるんだ。ほら、俺だって、俺以外からは何も吸収しないわけじゃないだろう？　そんなこと言うなよ、俺が権威に従っているだって？　止めてくれよ、俺は生まれたての赤ん坊だったんだぜ、え？　そりゃ誰かに教わったんだろうな、まあな、父親か母親だろうな、そうさ、信じていたんだろうな、もちろん今だって信じてるよ、俺を一番心配してくれているだろうし、俺だってあれこれ心配しているよ、そんなこと言うなよ、俺の両親が俺にとっての権威だったなんて言われたら何も言えなくなってしまうだろう？　お前にかかっちゃ俺は権威の前で全てを信じきる奴隷のような奴だな。だからお前とこのことで話したくないんだ。誰だって信じるものはあるだろう、もちろんお前だって何かを信じて従っているんだろう？　ほら、ゆっくり頷いたって、はやく頷いたって、それは頷いたことになるんだ。お前は今、ちゃんと認めたんだ。そうか、そうか、やられたよ、俺は今「ある」と「ない」だけになっていたな、お前の手際は見事だ、こういうことになるとお前は狡猾なんだからな、まあいい、俺もお前も権威にべったり、こうやって同じ言葉を話すのも結局はずるずるべったり、二人して通じない言葉を喋っても何にもならないからな、よせよ、ただ思い付きで言っているだけなんだ、思い付きだって、あれやこれやいじくりまわされて何だかんだ言われてしまう哀れな結果になるんだからな、俺はもう懲りごりだよ。俺は何だかんだ言われる筋合いはない、何だかんだ言う奴に何だかんだ言う筋合いがないようにな、そんなこと言い出しちまったら地獄より住みにくくなるぜ、いや、地獄に行ったことあるわけじゃないが、実際、地獄に行ったって奴の話をどこかで聞いて想像して言っているだけだ、いや、そりゃもちろん本当に地獄に行ったなんて思っちゃいないけど、地獄に行ったって言ってるんだからそうしておいてやろうぜ。分かったよ、言い直せばいいんだろう？ 俺が実際地獄に行ったわけではないし、地獄から帰ってこられるとも思わない、それに地獄があると思っているわけじゃないが地獄に行ったと言っている奴の話を聞いて、俺が想像する地獄よりも住みにくくなる、これでいいだろ？ で、この世界は間抜けだ、そうだ、わざわざさっき言ったような地獄より住みにくくするんだから、この世界は間抜けだ、どんどん悪くなっていく、証拠なんて挙げればきりがないだろうけど、そんなこと必要じゃないだろ？ とにかくどんどん悪くなっていくんだ。満更じゃないなと思っても決まって誰かが悪くしていく、ケチつけられたものを持っていられるか？ ケチをつけられた世界にいたいと思うか？ 誰もケチをつけなけりゃ、それなりに住みやすいところだったのによ、誰かがケチをつけるから俺たちは不安になって、不満を抱えてみんな死んでいく、みんなだ、みんな。ケチをつける奴は人殺しだ。お前のことを言っているんじゃない。お前はなんだかんだ言うけど結構楽しませてくれるし、楽しくないときもあるけど、どこかに俺が楽しめるところを用意してくれるからな、じゃなかったら、俺はとっくに首を吊って死んでしまっていただろうな、まあ、俺が縊《くび》れてもお前が手厚く葬ってくれるだろうし、悲しむのもお前だから帳尻は合うわけで、俺は充分幸せに思えるだろうし、ざまあみろと舌を出して尻でも叩いて笑うだろうよ、なんだ？　腹が減ったのか？　なんだよ、俺は大事なことをちっとも話しちゃいない、まあいい、食べながらでも聞いてくれよ、俺たちの発見、そうだよ、すっかり横道に逸れちまったけどその発見のことが話したかったんだ。俺は直角三角形の辺の定理を発見するように、ある方程式を導きだしたんだ。もちろんお前の最初の発見が全てだった。「世界はまったくの無垢の状態であり続ける」。その発見から俺は出発したんだ。そして世界は美しく出来ているというお前の助言が俺を何度助けたか、それはお前も気付いているだろう？　見事だったよ、なんて美しいんだと俺は思ったんだ。おい、それは温め直した方が断然うまい、お前は腹に入れちまえば何でも同じだと思っているだろうけど、スープは温めろよ、冷製スープじゃないんだからな、少しでもおいしく食べた方が腹にしたって嬉しいに違いないんだから、いや、別にケチつけているわけじゃないんだ、そりゃ冷たくても満足しているお前に少しは厭な思いをさせてしまったかもしれないが、俺はそんなつもりは少しもなかったんだ、分かってくれよ、そうだな、口を出すのは碌でもない、口は災いの元とはよく言ったもんだ。温め直しても大しておいしくなかったら俺は完全に厄介な奴になっちまうな、でもいい、そんな危険を冒してでも俺はお前に言う、ものは試しだ、温め直してみろよ。凄いとまでいかなくても、お前においしいと思えないとしても、お前の腹の中は俺に感謝をするに違いないからな、それに冷たいものは美容にも良くないんだ、そうなりゃ、お前の皮膚も俺に感謝すること請け合いだ。信じるしかないだろう？　そうでもなけりゃ俺自身が辛くなってしまうからな、いや、俺は俺の言ったことに縛られすぎているのかもしれないな、俺が言葉を使うんだ、言葉が俺を使うんじゃない。だけど言葉ってやつは侮れない、全く不思議だ、こんなに喋っていると俺は言葉のために俺がいるような気がしてくる、何を笑ってるんだ、今のお前は笑い声のためにいるんだからな、そんなことも言いたくなるだろ、俺が素朴に感じたことを言っただけでお前は笑うんだからな、誉めろなんて思っちゃいない、ほら、あまり強火にするなよ、焦げ付いてしまうだろ、珐瑯だから焦げ付きを取るのが厄介なんだよ。じっくり弱火でやらなけりゃならない、ちょうどいいから温まるまで俺の話でもじっくりと聞いておけよ、そうだよ、弱火と一緒だ。ほら、もっと近くに来いよ、もしかして、お前は俺の話が聞きたくないのか？　そうだ、きっとそうだ、俺が発見したって言っても興味がないんだな、今のお前は食い物で頭が一杯、食い終われば寝ることで頭が一杯、え？　そしてなんだ？　他には何がお前の頭を一杯にしてるんだ？　お前は人類や発見のことはどうでもいいんだろ？　人類？　俺は今、人類って言ったよな？　なぜだろうな、もしかして俺たちの発見は人類に関わることだったのかもしれない。また「かもしれない」なんて言っちまったな、よし、ちゃんと考えてみようじゃないか、ああ、物事がかなり崇高だからな、「ある」か「ない」以外にすべきじゃないな。俺たちの発見は人類に関係する、または人類に関係しないのどちらかだ。俺は断然、人類に関係する、だな、この際「かもしれない」は余分だ。関係する方が断然いいね、俺だって人類だからな、数学的にも証明するのは簡単だ、俺に関われば人類に関わっていることと全く同じことになる。どうだい？　文句ないだろう？　笑うなよ、俺はまた問題を難しく、いや、それは、そうだな、こういう場合は単純にしている、いや、矮小にしているとでも言うのかな？　まあいい、とにかく単純にし過ぎた。俺たちの発見であるところの「世界は全くの無垢の状態であり続ける」は人類にも当て嵌《は》めることが可能である、しかし、「人類は全くの無垢の状態であり続ける」なんて言うと滑稽に聞こえないかな？　そうだ、全くそうだよ、これしか解決はないんだよ、だけどちょっと滑稽に思われてしまうんじゃないかな？　俺自身が滑稽に思えるからな、滑稽だろ？　こういうのは少し分からなくした方がいいんだ。そうだな、発見は方程式にしよう。ほら、寝るなよ、方程式は永遠の問題だからな、それがいい、俺たちも言ってやろうぜ、俺たちは永遠の問題に取り組んでいるってさ。いいんだよ、お前が七六年八月五日に生まれてようが方程式にはそんなこと少しも関係ないからな、だけど言葉は関係してしまう、だから滑稽に思えることもあるんだ、もちろん言葉が滑稽になるんじゃない、言葉を用いることが滑稽になるだけだ。生まれたのは二月だったたっけ？　ほら、ややこしくなってしまった。寝るなよ、まだ、温めているんだろ、弱火で。方程式を考えろよ、方程式を考えるんだ！　寝るなよ、だからまず、人類をaとすると、まあ、この際、世界とも考えられる、で俺を1としよう、もちろん俺は一人だからな、そうすると俺たちの発見はa＋1はaとなるわけだ。でもそれは別に俺を1としなくてもいいんだ。

そして俺が行き着いた答えを加味すると、さまざまな解釈が生まれてくるだろう？　なあ、寝るなよ、寝るな、ちゃんと俺たちの発見を最後まで聞けよ、一体どうしたんだ？　鍋を火にかけたままだろ？　何も食べずに寝ちまう程疲れるなんて、お前は一体何をしてきたんだ？　なあ、お前は何をしてきたんだ？」

「第一のテープ」が終わり、Aの「小部屋」は暗くなる（部屋はAがテープを聴いて眠っていくことに合わせて暗くなっている。テープの最後の台詞は「小部屋」が暗くなって響き渡る）。

2

暗闇と静寂、だが「向こう側」のみ明るい。「彼ら」が「外」に溢れ出す。そして足音が聞こえ、記帳する音が聞こえる。三人ほど記帳すると、舞台中央の「部屋」を中心に明かるくなっていく。「部屋」は散らかるでもなく、整頓されているわけでもない。「男」と「女」は舞台のはじまりから変わらぬ状態である。「彼ら」は先ほどとは別の場所で整列している。こういった「彼ら」の位置の違い、方向の違いは同じメロディーを奏でていても、楽器が変われば与える印象も変わるといったこととあまり変わらない。ただ「彼ら」は一糸乱れず並ばなければならない、緊張感が舞台全体を覆わなければ「彼ら」には人間特有の意味付けが生じてしまう。意味は避けなければならない、でなければ意味だけがあるということを示すことが出来ない。「彼ら」本来の個性は必要ではない。この際だから言ってしまうが、個性は意味を狭める、個性は可能性を狭める、「彼ら」にはどんな人が見ても意味のみ、可能性のみを感じる。そのための存在であって欲しいのだ。せめて舞台上だけでも。舞台の叙述に戻ろう。「彼ら」はつま先に体重をかけ、前傾姿勢をとっている。そしてブザーの鳴る位置を見詰めている（向きが変わればブザーの鳴る方を向けない場合がある。確かにそうだ、しかしそれは視線の先ということだ、ブザーの鳴る位置が視野にない場合は目を瞑り、見詰めている先を示すことが肝要となる）。

そして一度目のブザーが鳴ると「彼ら」は散らばり、各々の場所でつま先立ちをしている。「彼ら」は何をしているのだろうか？　先ほど触れたように意味であるのか？「彼ら」は意味を示してはならない、それは意図に過ぎない。意味は与えてしまえば、どんなものにも意味が出来てしまうからだ。そして「彼ら」の行動は活力に満ち溢れていても、無気力の只中にあってもならない。「彼ら」には「彼ら」一人一人の計算があるのだろう、だがその計算法則を知らせることは慎まなくてはならない。「彼ら」の目的を探る者は不安になるだろう、不安は払拭されることがない。なぜなら「彼ら」は「彼ら」のあり得べき姿であるだけなのだから。「彼ら」は様々な姿勢をとるだろう、例えばしゃがむ者もいるだろう、だが「彼ら」はつま先立ちをしたままである。また、なぜ、第二場でこの行為をしているのか？　と思う方もいるかもしれない。説明が許されるのなら、こう言っておく、別に第二場でなくても構わないのだ、と。ここにあるのは「彼ら」の緊張状態であり、緊張した場があるということなのだ。そしてこの緊張状態はある時に崩れる。それは物質的衝撃が契機となるだろう。例を次に挙げる。「彼ら」の一人が食器を落とす、すると今までの緊張状態、硬直状態はまた別の方向へと向かう。落とされた食器は別の方向へ向かう緊張状態の中で拾われてはならない。もし、食器を拾うのなら、落とした事実が無効になったときにである。無邪気な関係とは無関係な「彼ら」である。そんなことをしていると二度目のブザーが鳴る。「彼ら」は定位置に並び、再びブザーが鳴るのを待つ、もちろん一点を見詰めている。三度目のブザーが鳴ると記帳台に各々が記帳して「外」へと出て「小部屋」へと向かう。第一場と同じように任意の一人（B）がラジカセのスイッチを押す。舞台や他の「彼ら」「男」「女」は今までと同じようにしている。

「第二のテープ」が流れる（第二のテープは何らかの変化を与えた）。

第二のテープの内容

個人の事情について。

「自分達を束縛している鎖を蔑みするものが、すべて自由だというわけにはまいりません」

レッシング『賢人ナータン』篠田英雄訳

以下、第二のテープ。

「いつまで掛かってるの？　僕は一日中、君を待っていたんだ。それこそ一日中さ、朝から今までだよ、だって他には何もしてないし、何も出来ないだろ？　そんなこと君がよく知っているじゃないか、今から説明して僕に君の同情心を煽る泥臭い演技をしろっていうのかよ、まっぴら御免だね、もう二度と繰り返したくないんだよ、どうせ青二才だなんて思われてお仕舞いなんだからね、僕に様々な理由があったところで君はどうするんだ？　ものすごい数の四字熟語と親しくなるくらいの状況や状態の只中で、僕があっぷあっぷと溺れて、助けて助けてと叫んだところで、君を含めてどんな人も、僕がてくてくてくとすたすた歩きをやっているようにしか見えないし、僕自身にだって、てくてくとすたすた歩きをやっているようにしか思えないときもある。だけど、ただてくてくとすたすた歩きをやっているんじゃないと思っているときの僕の状態ときたら、それこそ喧喧囂囂、驚天動地、余韻嫋々、言語道断、諸説紛紛たる状態なんだよ、僕の状態を一から話すなら四字熟語字典を最初のページからめくっていちいち僕に当て嵌めてくればいいよ、そうやってやっと僕の一面が理解出来て、次の瞬間に四字熟語にもならないように細心の注意を払ってたてくてくをご覧になれるでしょう。そうやって僕をご覧になってからじゃないと僕のすたすた歩きも単純素朴なすたすたにしかならないし、ゴッゴツドンドンバタバタガタガタウキウキボコボコチンチンタマタマコロコロドカドカ、くそったれ！　だから言ったじゃないか、はじめからとっくに終わっているんだよ、僕なんか話す必要がないでしょ？　もう止めてくれよ、僕は下品な言葉を喋りたくないんだよ、半ば強制的に喋らされているんだ。見えるであろう！　僕の背後にはナイフを十ダースも持った男がいるんだ、十徳ナイフじゃない、ちゃんとしたナイフだよ、折りたたみナイフなら開ききってないナイフが男の親指を残して全部切断するんじゃないかな？　って甘い期待に浸ることが出来る。僕はもう虫歯だから、危険以外に怖いことはない！　だけどね、あいつのはちゃんとしたナイフなんだよ、そしてちゃんとしたピストルを床一面に広げて、只で売っても三百万円は儲けそうなくらいピストルを持っている、もちろんちゃんとしたピストルだよ、鉄の弾がビューと飛び出る奴だ、恐ろしいこと恐ろしいこと、全部当たったら僕なんか虫歯の心配する暇なく閻魔様に検便を提出しなくちゃならない仕儀だ。くそったれ！　彼はいつから地獄にいるんだ？　次から次に疑問が出てしょうがないだろうけど、それを有耶無耶にするのが大体の人生だからね、産声まで責任持てないでしょ？　生まれてくるときは理由がなかったんだからさ。で、ごこまで話したっけ？　そうだ地獄に行くチャンスが到来しているんだ。で、僕は今、背後から脅されているんだよ、だから平気で下品な言葉を喋っている、喋らなくちゃいけないんだ！　こんな気持ち分からないだろ？　相手が変態なのかな？　そんなこと口に出したら、ズドンと一発、まだ銃身は温かいってことになるんじゃないのかな？　でも生きている。一安心、冷や汗の連続だよ、くそったれ！　僕も大人になったもんだ、若者なんて全部死んでしまえばいいんだ、生きる理由はないけど、死ぬ理由なら誰でも一つはあるものだ！　君、だって、そうだよ、ある、きっと、ある、だけど、ない、かな、いや、ある、探せ！　探せ！　僕も手伝ってあげるよ。今日も働いてきたんだってね、町中で噂だよ、走り回っている。僕がいつものように歩いていたら、この説明は長くなってしまうから止めよう、止めようよ、何でも訊きたがるのは卑しき願いだってウェルギリウスも言っているよ、知らないよ、ゲイって話はご存知であろう。だから、僕は君が立派だってことは見事に知っている。君はとても偉いというよ。僕はすたすた歩きしかしてないからね、社会、くそったれ、世間、くそったれ、人間、くそったれ、犬も、猫もくそったれだ。誇らしくあれ！　誇らしくあれ！　だから僕は名誉を重んずる。僕は磁気の中から青臭いことばかり言う誇らしさに憧れるんだ、君もとっくにご存知であろう？　僕はとても勤勉で実直で謙虚で謙譲の精神で生き抜くことにかけては犀の角もそこのけお馬が通るといった人間だ。僕が酔うのは栄光の感覚にだし、僕が涙するのは神の恵みにだよ。僕が一度、町を闊歩すれば、子供たちにわいわい言われながら誇らしく生きられた。僕は健全に暮らしていた、それでいて誇らしくしていた。ここからは省略しよう、三日三晩と泣き明かしてしまうだろうから、世界中が涙してしまい、とっくに終わってしまった世界がまた終わって二度と立ち上がれなくなるだけだからだ。ちゃんと聞いているのかよ、ちゃんと涙したのかよ、同情なら止めて欲しい、心底の同情であっても止めて欲しい。僕の話は、僕は、僕の話は、君の二十一日分の労働にも値する僕のお話は、全部嘘だから。くそったれ！　伊達や酔狂で嘘が付けると思う？　ほら、ちゃんと聞いてた？　聞いてないね、聞く振りはしていたかもしれないけどちゃんとは聞いてない、僕の嘘は一言一句間違えても本当の話になってしまうかもしれないんだから、はじめから繰り返してご覧よ、出来ないでしょう、だからいつも都合よく僕のことを哀れんでしまうんだよ、だけど君はまた自分本位のことを思っている。昨日、君は言っていたんだ、右手が痛いってね、僕の話を繰り返せない君は中途半端な僕の理解と君の右手が痛いってことを引きずりながら僕と今こうして何度目だか数えるのも嫌になった対面をしているに違いない、僕は確かに言った。君の右手が痛いとおずおずと僕に知らせたときに、くそったれ！　と言わずに僕は咄嗟に天の助けと歴史年表に埋もれた僕の見知らぬ父祖の祭を開催しながら言った。右手が痛いってね、言ってやった。直後、ピストルのズドンが怖いので、町中の子供たちが後々まで語り継ぐような声でくそったれ、たれちまった！　と言って打ち消しちまったかもしれないけど、僕は右手が痛いって言ったんだ。君は僕の話が繰り返せない、だけど僕は繰り返した。まさに一方的な理解が生まれた瞬間、肉屋の倅がかみさんを殴った。その後死んだ。何度も繰り返したよ、僕と君が鏡とトイレットペーパーの間で溶け合うみたいにね。覚えているだろう？　あのときが永遠なら問題はなかった、僕らはお互いの右手を差し出し固い握手をしただろう、僕らの友情は消えることがない、赤色偏移をしていくかもしれないが、この固い握手が解かれることはないってね、くそったれ！　だけど、僕も君も右手が痛い、右手は固く結ばれることはない、お互いが自分のことで一途になって永遠なんて一瞬にしかならない、僕らの祝祭は開かれなかった。誰だって右手が痛いんだ、右手を無くしてしまったんだ。時間を繋ぎ止める唯一の鎖、決して切れることのない鎖を無くしてしまった。宇宙に、もうやめろって言えることが出来なくなった、僕はさめざめ泣いたよ、翌日のすたすた歩きに全てを込めた！　だけど駄目なんだ、すたすた歩きなら全てが変わると僕は思っていたけど駄目なんだ、おかしな人が一人二人つけて来るだけで、時間は進み、宇宙は広がる、僕らは二度と戻れない。僕はついてくる人たちが愛らしい、僕は完全にイカレちまった。ねえ、どこまでも行こう。真っ赤な世界に行こう。くそったれ！　僕は知っているんだ、どこかの男が叫んでいたからね、信じられる世界へなんか行かれないじゃないかって、一日に一回は叫んでいたから。すたすた歩きには限界がある。僕自身進んでしまう。テクテクモコモコテラテラタラタラトントンピョンピョンヒュンヒュンニャンニャンチョメチョメデレデレ、どうにもならない。右手の固い握手しかないんだ。知っているよ、ドアノブも左手で開けたもんな。じゃあ、良くご存知であろう、僕が今、どんな気分で君を待ち、また、どんな気分で君と話していたか、良くご存知であろう。君のすることが一つの行動なり行為だとしても一人で出来ることであれば何にもならない、同じ事をする他人が必要だなんて言っているんじゃない、同じような事をする他人が必要になるだけなんだ。二人で、二人の他人が、握手、固い握手をする、時間は止まり、宇宙も広がらない、そういった握手をする。そうすれば、生きる理由も死ぬ理由もない、何もしていない、何にもならないなんて誰にも言われない。約束する、全宇宙を賭けてもいい、僕の宝物も全部差し上げる、君はとても光り輝く、眩しいくらいに、目も開けていられない程、瞼を閉じでも脳の裏側まで焦げるような、激しい輝きの中心に君がいる。君の握手には友情がある、愛情もお釣りが計算出来なくなるくらいある、何かある、僕には分からない何かもある、頭のいい人たちや感受性の豊かな人たち、純朴な人たちにだけ分かる何かもある。あと、意味もある。全てに対する意味がある。全てのクォークが安心出来る、点や線も完全に安心出来る、全宇宙、宇宙の外、わけの分からない全てのものも安心する、君が全てだ、万歳、燔祭、大万歳、大燔祭、くそったれ！　たれちまえ！　だけど君は握手が出来ない、右手が痛い、とても立派で町中の誇り、民族の語り草、銅像二万体、だけど、握手が出来ない。君は何も出来ない。不気味な独り善がり、尊敬すべき独り善がり、時間は進み、君には死ぬ理由ばかりが増える。だから死ぬ。おちまい。あちらを立てればこちらが立たずを繰り返してお仕舞い。月は昇り、やがて沈む。君はお仕舞い。何にもならない。とても右手が痛いから、固い握手なんて出来やしない、君が言い出したから、僕も右手が痛いって言う、誰も彼もが右手が痛くなる、もう二度と固い握手は現れない。くそったれ！　寝るなよ、全て関係のあることだ、キョロキョロするなよ、ちゃんと聞くんだ！　僕が言う右手は象徴でも喩えでもない、只の、右手だ、君の右側のお手手だ。悲しまないで、同情して欲しいんじゃない、呆れた顔をしたからって、君だけが救われるって法はない、救われるときには全てが救われる、僕も救われる。全く、どうしたんだ？　さっきからキョロキョロギョロギョロトロトロウトウトモミモミサワサワジトジト、くそったれ！　ああ、そうか、僕は先に摂ったから気が付かなくて御免、君は帰って来たばかりだったね、さあ、これを飲んでよ、温かくしたからアルコールが少しは抜けてしまったかもしれないけど、身体には良いってね、僕が作ったんじゃない、隣の夫婦が多く作り過ぎたからってさ、これ大丈夫だよね、嫌いだったっけ？　コリコリしているからね、僕の虫歯の穴が塞がったままだよ、さっきから舌でグリグリとしているんだけどなかなか取れなくて、ああ、これね、良く分からないけど、ちょっとしょっぱいかな、僕だけじゃない、みんな言うよ、ちょっとしょっぱいってさ、人によってはとてもしょっぱいんじゃないのかな？　ほら、例によって繊細自慢だよ、いろいろ言う人がいるんだから気にしない方がいいよ、別にあんまりこだわらないだろ？　君のいいところだよ。昨日の誕生日ほどの豪勢さはないけど、これだってご馳走だよ、でも、昨日の君の笑顔ったらなかったよね、僕も嬉しかったよ、二人で羽目を外して馬鹿騒ぎ、僕は突然不安になって、次の瞬間には全部終わってしまうんじゃないか？　ってさ、ご馳走のことじゃない、僕らのこのなんとも言えないことがさ、僕らは誰の所為《せい》にも出来なくなっているんだ、何度も選んで、何度も考えたんだからね、右手か！　また右手か！　僕の右手もご覧あれ！　くそったれ！　君の笑顔なんか、くそったれ！　口から全部垂れ流しちまえよ！　君に何が出来る？　君が何をした？　君は自分本位に、勝手に、何もしてない、君の事情の所為だ、君が僕を、今日の僕がいるのは、君が握手を、君の右手と、ちょっと待って、水を頂戴、なんかとても咽喉が渇いちゃって、カラカラなんだ、カラカラ、僕はカラカラなんだ、そう、ルキウス・セプティミウス・バッシアヌス、ローマ皇帝……、くそったれ！　たまたま偶然に僕らはしなければいけないことをしなかった。こんなことで死ぬんだと思うと、僕は何てことだと思わずにはいられない。僕らは死ぬ理由を一つも持っていなかったんだ。来るときも手ぶらで何も持たないまま、そうすれば疲れることも知らず、目的地もなく、どこへでも行くことが出来た。だけど、ちっぽけな理由がどんどん増えて、僕らの目的地は決まっていく。ああ、僕らはあそこへ行かなくてはならないのだなあ、僕らが信じていないところへ行かなくてはならないのだなあ、何かをやる理由はなかったのに何かを辞める段になって理由が出来ているんだ。こんなフザケタ話があるか？　ねえ、これも嘘だよね、僕はきっと嘘だと言いたいのだけど、すでに僕自身が繰り返し話せなくなってしまって、もしかして本当になっているのかもしれない。くそったれ！　もう、寝てしまうんだろう、僕は右手以外にも痛いところが増えて、増えて、もうどこが痛いのか、体中が痛いのか、僕から離れたところが痛くて、眠れそうもない、君は疲れているの？今日も一日、働いて、君は疲れた。沢山の細細とした理由を担ぎ、君は疲れてしまった。くそったれ！　君とは握手が出来なかった、右手で固い握手をすることが出来なかった。君も良くご存知であろう。僕らは静かに終わっていくんだよ、もうチャンスはないんだ。静かな終わりを出来るだけ大袈裟に考えてみても実際にはとても静かに理由が羅列される。君は出来るだけ立派な理由を見つけるだろうが、そんなもの何にもならない。君は終わる。君が誕生日に見せた笑顔が繰り返されることはないんだ。せいぜい立派に終わることに向かう。こんな話があってたまるか！　くそったれ！　青臭くても僕は終わらない。真っ赤なところへなんかすたすた歩きをしてたまるか！　君は順調にすたすた歩く、君は眠るから、疲れたんでしょ？　でも、何をしてきたの？　何をするの？　何をしているの？」

「第二のテープ」が終わり、Bの「小部屋」は暗くなる（部屋はBがテープを聴いて眠っていくことに合わせて暗くなっている。テープの最後の台詞は「小部屋」が暗くなって響き渡る）。

3

暗闇と静寂、だが「向こう側」のみ明るい。「彼ら」が「外」に溢れ出す。足音が聞こえ、同じように記帳する音が聞こえる。しばらく経つと「部屋」は明るくなる。しかし、Bのみが「小部屋」に残ったままである。Bを除く「彼ら」は整列し、ブザーの鳴る場所を見ている。「彼ら」の整列は場所あるいは向いている方向が違う。一度目のブザーが鳴る。その頃、Bは「外」に出る。「彼ら」は各々の場所で緊張状態を作っている。先ほどまでより、お互いに関係を持たないことが強調されてくるだろう。やがてBが記帳し「部屋」に入る。Bは部屋の中央でつま先立ちの例の姿勢でブザーの鳴る方向を見詰める。「男」はとても長く深い溜息をつき、立ち上がり、「女」の方を見る。これはあくまで「女」の方を見るのであり「女」を見るわけではない。「男」が「女」を見てしまえば、それは何か限定した意味を提示することとなってしまう。やはり避けなくてはならないことは限定された意味であり明確な指示なのである。そして果物の置いてある(果物は籠に入っているのかもしれない)場所へ行き(これはBが「部屋」の中央にいるために、「彼ら」がフォローしきれていない場所となっている)、林檎(果物には林檎が必要となる)を手に取り、軽く拭き、また置いて、果物籠の近くにある皿とナイフを探し、袖でナイフを拭き、皿を脇腹あたりで拭き、持ち直して、林檎を持ち、丸椅子へ戻る。林檎の皮を剥く、剥き方はゆっくりであり、どこか躊躇いがあるようにも思える。動作の一つ一つがどこか意味のありそうな雰囲気である。そして、滑らかな皮の剥き方、ゆったりとした林檎の食べ方などは見るものを惹き付けるような優雅さがある。「彼ら」の中で変わった動きが現れはじめる。「男」の優雅さの反対であるのか、それは一種蛮的な動きである。誰かが落とした食器を、関連が生まれないようにCが踏みつけている。そして手に取り、眺め、またどこかへ置いてしまい、何もなくなった場所を同じように踏んでいる。これはあくまで例であるが「彼ら」の工程が少し変更されたということらしい。もしかして「彼ら」は世界を破壊しようとしているのだろうか？　それが私たちの危惧であればいいが、「彼ら」のすることに意味を付けることは「彼ら」の可能性を狭めることとなるので、憶測、推測は公演終了後一年間くらい経過してからにして欲しいというのが、私の最大のわがままである。舞台に戻そう、すると二度目のブザーが鳴る。「彼ら」は定位置に着き、Bは二、三歩歩いて立ち止まる。「男」は相変わらず林檎を食べている。Bを除く「彼ら」はブザーの鳴る場所を見詰めている。教室に並ぶ小学生のようだ。Bに変化が起こっている。Bは立ち止まったときに気付いたのだ、それはまだ明確な問いや、意味、表現して提示出来るようなことを気付いたのではなく、何か違う、間違ってしまったのでは？　というような、不安を隠す不安がBを包んだといったような状態である。Bは「部屋」の机に向かい、椅子に腰掛ける。三度目のブザーが鳴るとBを除く「彼ら」は記帳を済まし、それぞれの「小部屋」へと入る。そして、Cがラジカセのスイッチを入れると共に、Bの「小部屋」以外の他の「小部屋」は今までと同じように暗くなっていくのだが、Bが「部屋」の机の上にあるライトを点ける。Cが「第三のテープ」を聞いている間に様々な動きがあるが、それは次の説明にまわす。

「第三のテープ」が流れる（第三のテープは感情に訴えかけるもののように思えた）。

第三のテープの内容

何回目？　何度目？

「アンティオペの出で立ちで、私も森に行きたいの」

セネカ『パエドラ』大西英文訳

以下、第三のテープ。

「何？　なんでそんなに大きな音をたてるのよ、そっと閉めて、その馬鹿みたいに大きな音が下まで響いたらどうするの？　あんたは平気よね、あんたはね、私は嫌、バタンバタンって大きな音たてて、偉そうに……、ドアくらいそっと閉めればいいでしょ、少し気を遣えば済むことじゃない、シー、黙って、静かにして、何か聞える？　聞えない？　誰か歌っているわ、そうじゃない、歌っているの、私にだけ聞えるんじゃない、ほら、聞えるでしょ？　あれ、ちょっと待って、聞えなくなった。なに馬鹿なこと言ってんの？　あなたが聞えないだけ、あなたが聞えないから誰にも聞えないなんてことはない、私には聞えたし、他の人にも聞えたわ、私に言わせれば、聞えないのはあなただけなの、いつも大きな音たてて平気でいるから何にも聞えなくなっちゃったんだわ、だから、そこも静かに閉めてよ、そうじゃないとここにもいられなくなってしまうわ、あんたが煩《うるさ》いからね、私まで煩いと思われてしまうわ、そうよ、私たちはもう何処にもいけないの、そうね、そうね、あなたは行ける、どこへでも行ける、いつも行けないのは私だけよ、いつも私は行けない、ねえ、もう何回も言わせないで、少しでも私のことを思っているなら静かに歩いてよ、誰もいないみたいに静かに歩いてよ、どうしてそんなに大きな音たてて歩くの？　少しおかしいんじゃない？　そんなことしなくても歩けるでしょ？　そうね、あんたがそこにいるくらい分かるわよ、ああ、もう、煩い！　そんなにドタドタドタドタ歩いたら底が抜けちゃうよ、そんなに頑丈じゃないんだからね、だからお願い、何度も、何回もお願いしてるじゃない、何でいつも分かってくれないの？　同じことばっかり私に言わせて、私をテープレコーダーにでもしたいの？　だったら録音でもなんでもすればいいわ、あなたは何度も何回も私の声を聞くのよ、そうして同じところばかり聞くようになるの、そうね、大体、三分四十五秒あたりから四分十五秒の三十秒、三十秒間だけ私はあなたに従っているのよ、その部分をあなたは何度も何回も繰り返し、三分四十五秒まで早送り、四分十五秒までいったら巻き戻し、三分四十五秒から四分十五秒までがあなたのお気に入り、そこだけ擦れて、沢山擦れてしまって、プツリって切れてしまうの、あなたの雄雄しき息遣いもピタッと止まり、私じゃなくなってしまった私は一安心、だけど、あなたはゴソゴソと動き始めた、もう一本のテープを出す、そのテープは他にも沢山あって、私の知らない間に私の声は増え続けて、私の三十秒間は私の全てになる、そうよ、あなたは馬鹿なことを考えるのが得意だから、テープを早送りするのが面倒になって、私のコピーテープは三十秒間を繰り返し繰り返し流す声、忘れられた私はやっとお払い箱、私は自分の声が何だかテープの声のような気がして何も言えなくなってしまうの、だってそうでしょ？　私みたいなこと喋るのだったら、私は何も言わなくてもいいじゃない、あなたは右手で私とはじめるのよ、そうやって誰にも言えないような右手の動きをしながら、私は静か。あなたがバタンバタン、ドタドタドタドタ、私の声が三十秒間を繰り返す、その二人の音を聞いているのね、それが私、それが私自身、ねえ、私の一生はそうなってるの？　私の生涯はそうやって閉じるの？　私、随分静かに閉じますわね？　何なの？　その大量の私は？　私はね、三人でも二人でもなく一人の私なの、一人より多くもなく少なくもない私なのよ、え？　そうよ、女よ、だから何？　何それ、恋人？　ええ、そうね、恋人ね、恋人、良い言葉ね、男を渡り歩くのに都合の良い言葉ね、そうでも言わないと私はアレとちっとも違わないでしょうからね、私は少しロマンティックな気分で恋人って囁く、まるで映画のようにね、私はスクリーンの中の生き物、テープに録音された声みたいに、私の姿も私から離れていくの、だけど恋人なら仕方がないわ、私たちは激しく愛し合って、燃えるようにお互いを求め、やがて悲しくありながらも、何か特別なものを発見する、そして、別れ、本当に大切なものを失った私は、恋人って言ってみて、思ってみてから一人で生きるのよ、生きる意味を知るのよ、ええ、美しいわ、本当に美しい関係ね、恋人ってね。だけど、いつからなの？　この美しい関係はいつからなの？　ねえ、私たちは運命？　偶然？　そんなことを考える暇もなく、あなたは私を追い立てる、私たちは恥かしがり屋さんみたいに狭い部屋で行ったり来たり、いつから互いに行き来しはじめたの？　お互いじゃない、あなただけ、あなたは来るだけ、あなたは行くだけ、私だけがどん詰まり、それでもこの美しい関係は続くのね、私はこの美しい関係の終わりになんて興味はない、私が興味あるのはいつだって、最初の方なんだから、どうやってはじまったの？　いつからはじまったの？　あなたが生まれてからかしら？　それとも私が生まれてから？　何回も生まれて、何度も生まれて、私とあなたは何度も何回も生まれて、もう死んだみたいになって生まれてきちゃって、私は一回も一度も死んだことがない。たった一度も、私だけが増えていくのね、私は死なない、死んだように生まれてくるのが精一杯、あなたは生まれる度に死ぬ、あなたはいつも一人っきりね、あなたは一体なに？　ええ、そうね、男ね、だからなに？　私が聞いたのはそういうことじゃないの、ええ、恋人ね、恋人、馬鹿みたい、さっきも言ったじゃないの、あなたは一日多くも少なくもない男ね、沢山の男の一人、だけど沢山のあなた。正直な話、私は少し飽きました、見飽きたのよ、沢山のあなたを大きなお目目で私は見るのよ、一塊になって群れをなして私に覆い被さるあなた、最初にも最後にもあなたを見て、それでお仕舞い。ええ、あなたは行ったり来たり、結局何にもならない、ただ煩いの、煩いだけ、何にも分からず、分かったような顔をしているけど、私には何にもならない、ねえ、私は何をしていればいいの？　やめてよ、出来もしないことは言わないで、だって私は何にも変わらないじゃない、そうね、馬鹿みたいなあなたと、馬鹿な私、そうね、私も考えたのよ、いっそ死んだ真似でもしてみようかなって、だけど、あなたはバタバタバタバタバタ煩いし、どこかに行ったと思ったらそれっきり、さぞ楽しいでしょうね、だからやめてって、何回同じことを言わせるの？　言ってることが分からないって、そりゃそうよ、あなたは一度も分かろうとしないんだから、そりゃそうよ、分かるわけがない。あなたが考えるように私のこと考えたら、私のことは分からないの、だからはじめから言っているじゃないの、私だけおかしいみたいに考えるのはやめてよ、あなたがおかしいの、だってそうじゃない、あなたが聞いた話やあなたが読んだ本、あなたが納得した考えなんて私には何の関係もないじゃないの、だから、やめてよ、馬鹿、あなたの考えなんて、どうせ、あなたに都合よくしか出来てないんだから、ええ、もう一度言うわよ、あなたの考えなんてあなたに都合よくしか出来てないのよ。なにそれ、誉めたからなに？　誉められた私は何だっていうの？　嬉しい嬉しい、あなたから誉められて私は嬉しい、そんなこと思うの？　私は。本気？　馬鹿！　何、夢見たいなこと思っているの？　馬鹿、思い込みもそこまでくれば奇跡ね、俄かには信じ難いことね、女に会った男は一つのことだけ思えばいいのよ、私に会うものは悲しみのため、頭《こうべ》を垂れよ、そういったものよ、私が見たいのは禿げてくるあなたの頭、ずっと見ていると気分が悪くなってくるあなたの禿頭。だけど私は微笑んでいるのよ、あなたは勘違いして勝手なことを考える、ああ、そう、もう諦めたのね、ご飯？　ご飯ならあるでしょう、いつものところに、あなたは食事と私の間を行ったり来たりしているだけ、いつもみたいに食べたらいいわ、食べない理由なんて、あなたにはないのよ、どんなことしたってお腹は空く、そのことだけは自信に満ち溢れていればいいの、誰も止めない、さあ、しっかり食べなさい。だからやめてよ、そんなにドタバタドタバタしないと歩けないの？　何回同じことを言ってもあなたは聞かない、私がこうしてって言ってても、あなたは本当の私はそんなこと思ってないみたいに考えて、私の考え方、感じ方を変えさせようとするんだから。それで私が分からないって言えば露骨に馬鹿にしたような顔をして私を見下すのよ、それが何だっていうの？　それで私が満足すると思うの？　あなたは朝になれば出て行く、そして夕方になれば帰ってくる、たまに一日中いるときもある、だけど私は外に出ない、私は行かない、私は考えることも感じることもズレてしまって見当違いの馬鹿な女、私のすることは間違いだらけ、私のしてきたことは間違いだらけ、もちろん、偶《たま》に合っていることもあるらしく、その時にあなたは誉めてくれる、私はあなたに誉められる。私にとっての最悪の瞬間。私は気分が悪くなる。あなたが言うように私は感じ方が間違っていますからね、そうね、きっとそうね、だけどどうすればいいの？　あなたが、私を殺せばいいじゃないの、唐突じゃないわ、私にはどうにも出来ないんだからあなたが殺してくれさえすれば全て済むんだからそれでいいじゃないの、それ以外に何の解決もないわ。だけど無理ね、あなたに私は殺せない、一度だって殺せない、あなたには無理なこと、あなたは自分のことばかり考えているから、私を殺せやしない。人を殺すときには、その人のことを自分以上に考えられなければ無理、自分以上に考える必要があるの、あなたには無理だし、他の誰だって無理、何回試してみても無理なのよ、結局、自分のことばかり考えてしまって、私が実際死んでしまったとしても無残に死ぬだけ、私は殺されたというよりも不運な事故に合って死んでしまっただけ、私は誰にも殺されちゃいなかった。考えれば考えただけあなたは私が恐ろしくなってしまうのよ。もう、食べないの？　残すなら残せばいいでしょ、ええ、そうね、恋人ね、今も恋人よ、美しい関係ね、だけどそれだけ、あなたの前にも恋人はいたわ、私の前の恋人、あなたはその人より優れていたから、私の恋人になったわけじゃない、あなたの後に私の恋人になる人だってあなたより素晴らしいってわけじゃないの、あなたたちは自分が一番素晴らしいと思ってもらいたいでしょ？　それは無理。優しくったって、思い遣りがあったって、格好良くったって、頭が良くったって、楽しいからって、変わっているからって、お金があったからって、それは無理。運命でもないし、偶然でもないの、ただ私がだらしないから、あなたがだらしないから、あなたに会う前の方が素晴らしく思えるのも、あなたが私を満足させないから、前の人が満足させたわけじゃないけど、前の人が満足させてくれたと思いたくもなる。するとたちまちのうちに、そんな風に思えるの、時間が経っていればいるだけ私には素晴らしく思える。その逆も同じように思えるの、近い未来より遠い未来の方が、私を何か、こう、満足されてくれるように思えるのよ、新しいとか古いとか言っているようじゃ駄目ね、結局あなたの現在からしか考えていないのだから、私はあなたに会う前は幸せだった。私の足は宙に浮いたようになって、フワフワとして、春でも秋でも光を集めたように眩しく光っていたの、すれ違う人たちからは笑顔で挨拶されて、私は幸せの頂点にいた。そう、今思えば頂点だったの、寝ているのね、寝ていればいいのよ、私の幸せにあなたは関係ないんだから、私の幸せ、パラソルが燃えて、雲の先端から紅茶が注がれるような私の幸せ、私は幸せの頂点に悠々と座っていたの、そこで、素晴らしい人に会ったの、名前はそうね、何ていったかしら、とにかくちゃんとした服を着ていたわ、生地もスベスベで肌理の細かい丁寧な作りで、服の色は、そうね、何色でしたっけ？　あまりにも季節に溶け込んで素晴らしかったから忘れてしまったわ、私はあの人の腕の中に飛び込んで、何度も抱きしめてもらったの、幸せよ、幸せの頂点でした。私は何日間もあの人と一緒にいたわ、何ヶ月も何年も、だけどいつの間にかあの人はいなくなってしまった。今、今あの人はいない、私は幸せじゃない、ちっとも満足しない、私は幸せじゃなくなった。だけど、未来には、遠い未来にはとても幸せになれると思うの、だから今は不幸とは言えない、幸せになれるから、きっとあの人がまた会いに来てくれる、あの人じゃなくても、また別なあの人にきっと会える、いや、やっぱり、あの人かもしれない、いいえ、あの人じゃない方がいいわ、だって、私はもう、あのときの私じゃないもの、私じゃないの、だけど、あの人がいいわ、ずっと前のあの人、だけど、ずっと後のあの人、その人だけが私を満足させてくれるのよ。あなた、眠っているのね、ただ眠っているの、私はあなたを愛しているわ、理由なんてちっともない。もしかしたら愛してないのかもしれないけど、静かに眠っている間だけは愛しているって思いたいの、もしかしたら、この人がずっと未来のずっと昔のあの人なんじゃないかな？　って気がするから、でもこの人、一体何をしてきたの？　毎日毎日、一体何をしているの？　ずっと眠る、そして起きる、残念だけど起きるのよ、でも、そして何をしに行くの？」

「第三のテープ」が流れている間の舞台の動きについて。聞いているCは途中から啜り泣きをはじめる。

啜り泣きは「小部屋」が暗くなるとおさまっていく。Cが啜り泣きをはじめたころ、Bは「部屋」を出て、記帳台の前に立ち、ペンを握るのだが、何もせずに「小部屋」に戻る。「男」は林檎を持ったまま、机に向かいペンを持つ。「第三のテープ」が終わり、Cの「小部屋」が暗くなると、「男」はペンを置き、「女」の方を見ながら電気スタンドを消す。そして「向こう側」のみが明るい「部屋」をもったいぶったように横切り、元いた丸椅子に腰掛ける。

4

「向こう側」のみ明るいが、いつもの暗闇と静寂となる。今までと変わらず、薄闇の中で、足音が聞え、しばらく経つと記帳する音が聞える。そして、今までと同じように「部屋」を中心とした明かりが点く。Cは「小部屋」で蹲《うずくま》り、肩を震わせている、きっと具合が悪いのだろう。そしてまだ「小部屋」にいる者がある、Bである。彼は蹲っているわけでもない、どうやら寝ずに何かを待っていたとでもいうような様子である。「部屋」は四人となった「彼ら」が並び、ブザーの鳴る方を見詰めて待っている。ブザーが鳴ると「彼ら」は今までと違う行動をしはじめる。それは私たちにとっても「彼ら」にとっても新鮮に感じられるだろう。この行動には恐怖を感じることがない、それは「彼ら」の行動が何かを示しているということなのかもしれない。「彼ら」はお互いを模倣することなく、自身を模倣する。それは断続的であるが、断続、それ自体に意味を持つことはない。そうだ、「彼ら」は他者からは分からない、自身の、自身だけの意味を見出しているに違いない。「彼ら」は勝つこともあれば負けることもある、そういった、どこかで一つに繋がるような存在に徐々に近付いているのだ。「彼ら」は「彼ら」の中に訪れる創造と破壊に執着していく、その姿は正当評価されていないと思い込む芸術家のそれのようだ。その頃、Bはそれぞれの「小部屋」を探索する、Bもまた「部屋」の「彼ら」とは違った行動によって意味を提示しようとしているのだ、そう、私たちのために。BがDの「小部屋」に入ると、ブザーが鳴る。「彼ら」は定位置につき、「男」は立ち上がり、ナイフと皿を持ち、林檎を軽く齧りながら歩く、キャビネットにナイフと皿を置き、また丸椅子のあるところまで戻る。屑入れの上に林檎の芯を掲げ、視線を「女」へと向けて止まる。「男」が手を離し、林檎の芯が屑入れに入ると同時にブザーが鳴る。「彼ら」は今まで通り記帳し、「外」へ出て「小部屋」へと向かう。ここでささやかな事件が起こった。Dが「小部屋」に入ろうとするとBが居る。二人は互いに向かい合う。だがピントが合っていない。この間、AとEとFは外套を掛け、明かりを点ける「部屋」は暗くなっていく。「男」はそのまま、Cの「小部屋」は明かりも点けずに暗いまま、しばらく経つとBは自分の「小部屋」に戻る。Dは違和感を感じながら「小部屋」に入り、外套を掛け、明かりを点ける。AとE、Fの「小部屋」が暗くなる頃、Bの「小部屋」の明かりが点く、そしてBの「小部屋」が暗くなりはじめると、Dの準備が整い、ラジカセのスイッチを押す。「第四のテープ」が流れているときの舞台の動きは後に説明する。

「第四のテープ」が流れる（第四のテープは秩序を求めるものだった）。

第四のテープの内容

ある一日の報告、もしくはある一日について。

「御自分の御喜びを引き立てるためには人の絶望というものが、それほど御入用なのでございますか」

シラー『たくみと恋』実吉捷郎訳

以下、第四のテープ。

「さあ、もうドアを閉めてくれ、誰かがひょっこり現れないなんて、保証の限りがないからな、そうだ、そうだよ、ありがとう、俺の不安に君まで付き合わせてしまって、とても済まないと思っているよ、しかし、今日は特別賑やかだな、いや、風のことだ、こういう日には決まって何かが起こるものさ、だから俺の不安も、心配しすぎとは言えないな、何かどこかおかしいんだ、奇妙な感じが拭えない、息を吐いても吐ききれない、今日の風はそういったものだ、風は冷たく俺に触れているんだ、そうだな、服が濡れちまっているというのもある、ビショ濡れだからな、ああ、帽子か？ どこかへ行っちまったよ、いや、いい、着替えの心配はいらない、さっき軽く拭いたんだ、それより、ドアはちゃんと閉まっているか？　そうじゃなけりゃ、服が乾いても必要なくなっちまうからな、ありがとう、何度も確認させてしまって済まない、よせよ、上着まで借りてしまったら俺はどうしたらいいんだ？　そこまでしてもらっても俺は何もしてあげられない、君の親切はきっと報われるだろう、俺は何もしてあげられないが……俺は君の親切を受けるわけにはいかない、この上着は未来の君の親切のためにとって置くのはどうだろう？　変なこと言っているか？　まあ、君の親切を笠に着てずうずうしく強請る奴がいないこともないから、その親切は君の心の中にだけ仕舞っておく方がいい、帽子もいらない、まあ、お気に入りの帽子ではあったがね、今となっては、明日すら分からない俺にとっちゃ帽子をなくすのが少し早かっただけで何も変わらない。悪い、悪い、ベラベラと喋ってしまったな、長い話を聞かされるのは退屈だろう、ほら、別にいいんだ、そんなに気を遣わないでくれよ、昨日会ったばかりの友人とも言えない俺に、部屋の都合までしてもらって、俺は君にどれだけ感謝していいのか分からない。明日にもここを出る、君の好意にいつまでも甘えるわけにはいかないんだ、だから、もう少しだけ俺の我が儘に付き合って欲しい、今晩で終わりだ、長い時間は取らせない、君にも様々な事情があるだろうが、こんな男の話を聞く一晩があっても構わないだろ？　そうか、ありがたい、俺はどうしても君に話したい、こんなに親切にしてくれた君に話したいんだ。もちろん君のためになる話かどうかは分からない、俺の話は面白くもないし、君にとって退屈な話になるだろう、それに話すことも決まってないんだ、ただ、明日には君に会えなくなると思うと、話したいという気持ちが抑えきれなくなってしまうんだ。俺たちが同じ時間に居合わせた、その奇跡の記念に俺は君に話したいんだ。ありがとう、君は本当に親切な人だ。世界が全て君のような人ばかりなら、俺の明日だって折り紙付きで保証されただろうな、いや、いいよ、お気遣い有難う、だけど、このまま話していたい、何も変わらないまま話していたいんだ、済まない、俺も君みたいに親切な奴だったら何もこんな目に遭わずに済んだのかもしれない、そんなに悲しそうな顔をしてはいけない、もしかしたらってこともあるだろう、俺はその一縷の望みに全てを託しているんだから、まあ、希望的なものだけどな。よし、話そう、話そう、明日が二度と来ないように話そうじゃないか、さて、何を話そうか？　何だ？　さっきからテープレコーダーを回していたのか？　いつから録っていたんだ？　まあ、そんなことはいい。いや、別に構わないよ、だけど録ってどうするんだい？　君が聞くのか？　そうか、君が聞くのか！　嬉しいね、君は俺がいなくなっても俺の話を聞くんだな、じゃあ、ちゃんとした話をした方がいいな、まずどういったことを話そう、何度も聞かれるんだからちゃんとした話の方がいいだろうな、いや、何度も聞かれるならちゃんとしない方がいいのか？　この辺は好みの問題だな、しかし、昨日会ったばかりの君の好みが分かるわけもないし、分かったとしても期待に沿える話を出来るかどうか、なあ、君はどんな話が聞きたい？　君が何度も聞くことになるんだから君の聞きたい話がいいだろう？　今日のこと？　いや、今日のことは他人に話すような話じゃない、それより昨日、君と会ったときの話にしないか？　それなら丁度良いだろ？　二人が出会った記念に、明日には離れ離れになる二人最後の晩餐にお誂えの話になるだろう。君も聞きたいか、そうか、そうか、では、俺が君を見掛けたところから話すことにしよう、その前からだと、だらだらと長くなって流石の君も飽きてしまうからね、まず、君は歩いていた、速くもなく遅くもなく、人を追い越すこともなく、かといって追い越されもせずに君は歩いていた。もちろんあまりにも遅く歩く人を君は躊躇いもせずに追い越していたのだが、安心したまえ、そういった人は追い越されることに慣れているから何も思っちゃいないよ、そして、俺はといえば、そんな君の歩きっぷりをしばらく前から見ていた、君がそっと振り向けば、お互いの目が合っただろう、なぜ見ていたのだろう、そのことは俺だけが知っていた。直感的に分かっていたんだ、君しかいない、君なら大丈夫だろうってね、だってそうだろう？　今こうして二人で一緒にいるんだから俺が君しかいないって思ったのも外れちゃいない、的中さ、ど真ん中にね、ただどう話しかければ良いのか、それだけが悩みだった。道か？　道を尋ねるやり方も良いだろう、だが、尋ねた後で俺はどうするんだ？　実は道なんてどうでも良くて本当は君と話したくて、なんて言ったら、今こうして、君と一緒にはいられなかっただろう、だから俺は迷った、道にじゃない、行き先ははじめからなかったんだ、あったとしたら迷いもせずに行くだけだ、俺が迷ったのは、一種の考えに迷ったんだ。そうだ、それが一番良いだろう、火を貸してくださいってね、そしてお互いに煙草を吹かし、近頃はどこも、なんて話せば美しい会話が実現するんだ、だが、生憎ここは喫煙所じゃない、それに君も俺も煙草をやらない、二人は気まずくなりお互い永遠にさようなら。作り話ならそんなやり方でも結構上手くいくんだが、俺たちの関係は呆れるくらい現実だった。まさに政治的な瞬間と言ってもいいだろう、そんな考察を繰り広げていたときに、君は突然、角を曲がった。焦った俺は考えもせずに言ってしまった、君の部屋に泊めてくださいってね、言ってしまったね、我ながら良くもそんな危なっかしいこと言えたもんだよ、見ず知らずの男が背後からそんなことを言ったんだ、誰しもが逃げるか、知らん顔をして通り過ぎるだろう。第一、自分に話しかけられたなんて思うはずがない。だが、俺たちはここにこうして一緒にいる、俺の直感はズバリ的中、君はとても親切でした。話していると思い出すな、あのときの君の表情は忘れられない、俺の持っているもの全てと交換したっていい、俺たちはまるで秘密の合い言葉を言い合ったように全てを承諾してしまったんだ。青幣の挨拶みたいに俺は君に特別な動きをして、そう、帽子をひっくり返したようなもんだ、頷いた君は俺に全てを与えてくれた。こういう話はいい、全てが輝きに包まれたようだ、ラッパが喨々《りょうりょう》と鳴り響き、俺たちは挨拶を交わしたんだからな、俺は君に会えたあの瞬間を人生最良の瞬間としてもいい、あの日が俺の最良の日だ。俺はホモじゃない、昨日証明した通りだ。ちゃんと座れるだろ？　どこまで話したんだ？　そうだ、君が頷いたところまでだったな、君の部屋はすぐ近くだった、後を付けてきた目抜き通りから、横道に入って少し行ったところが君の部屋だった。俺は正直ホッとしたんだ、あのタイミングで話し掛けなければ全てが終わっていたなんて親切な君の後ろ姿を見ながら思っていた。ん？　そうだな、俺はさっきから、全て、全てって言ってるな、考えて見れば面白い、俺には一瞬一瞬が全てなんだろう、明日にも全てがなくなってしまうんだ。気付かぬうちに、ゆっくりと静かに、お祭り騒ぎは一切なしだ、派手な爆発でこの世はなくならない、この世の終わり、俺の終わりは何事もなかったように過ぎていく、まったく静かなものだよ、飯を食うときの食器の打ち合う音に比べ、世界の終わりはまったく静かなものなんだ。ああ、そうだ、部屋に入った俺は君から食事までご馳走になった。何も食べてなかった俺はガチャガチャと楽器を演奏するように夢中で食べたな、そういえば、君はまだ何も食べてないな、俺が急に話し出したから黙って聞いてくれていたのかい？　済まない、君の親切に甘え過ぎていたようだ、俺に遠慮せずに食べてくれよ、俺はいい、外でたくさん水ばかり飲まされてしまったからな、ああ、だからビショ濡れなんだ。俺だけ大雨に降られたんじゃない、太陽にまで嫌われちまったら、誰がこの身を焼き尽くしてくれるんだ？　ああ、平気だよ、君だけでも食べてくれよ、さあ、どこまで話した？　そうか、この部屋で食事を頂いたところまでか、そうだな、その後の俺たちは語る言葉も少なく、これも君の気遣いだった、何でも根ほり葉ほり聞かないことが最上の会話になることを君は良く知っていた。安心した俺は泥のように寝てしまった。何か話したような気がするが、それは夢の中でのことかもしれない。昨晩は何か話したかな？　そうか、やはり話してないのか、それは良かった。昨日は話すことが沢山あり過ぎた。今日になって話すことが出来て良かった、もう全部済んでしまったからな、済んでしまったこれで、全て、昨日の話も済んでしまった。後は明日を迎えるだけだ、招かれざる明日を。今日のことか？　今日のことは他人に話すようなことじゃない、俺だけのことなんだ、俺はズブ濡れになって帽子をなくしてしまったってだけの話だ、話しても面白いことじゃない。おい、誰かドアの外にいやしないか？　俺もそろそろ終わりなんだろう、違う、俺は死ぬわけじゃない、心臓停止するわけじゃない、それくらいじゃ終わったことにならない、そんなことなら俺は喜んで明日を迎えよう、明日を抱きしめようじゃないか、分かったよ、君が納得しないっていうのなら今日のことを話してもいい、君の親切に少しでも報いたいからな、ただ、これは他人に話すようなことじゃない、偉大な考えを持った男が堕落して死んでしまうような話とは違うんだ、昨日の話は君と俺にとって意味のある話だっただろう、だけど今日の話は俺にしか関係がない、話しても馬鹿にされるだけのことだ、話さなくても何にもならない、話したところでもそれは変わらない、そういった話なんだ。何もテープに録って何度も聞く話でもないだろうし、何人もの人が耳を傾ける話でもない、俺は人を考えさせたり、感動させるための話は持ち合わせちゃいないんだ、俺が話すのは何の脚色も、視点もない紛れもない現実の話だからな、だけどしょうがない、君のたっての願いだ、話すとしよう、俺が君に感謝していることが、少しでも、その、君に、分かってもらえるのなら、俺は話そう。俺は君がドアを閉めてから、しばらく、その、君がいなくなったドアを見詰めていた、何分くらい経ったあたりか、それは分からない、まだ服は濡れず、帽子は頭をスッポリと覆っていた。君を追いかけた方が良くないか？　と勝手なことを考えることもなく考え、ドアを開け、外にでた途端に階段を上るとも下りるとも言えないように移動し、気が付くと溺れていたんだ。俺は犬や猫に近寄っていたんだ、だが溺れた。多分、犬だったんだろうな、犬だけは裏切らない、最後には犬だけしかないんだ、俺の右手は俺の頭を押さえつけて、二度と頭が浮かび上がらないようにした、頭は手で月から奪われたような状態だった。そのとき既に帽子がなかった、多分、溺れた拍子に帽子もまた溺れてしまったんだろう、俺には瀆神の趣味なんてない、それを確かめるには頭を上げなくてはならない、ちょうど月と同じ高さになることが必要なんだ。だが、俺は何も見たくなかったんだ。綺麗な女の子が犬を食べているところを。俺はジタバタしながら沢山の水を飲んでしまった。いつの間にか服はビショ濡れ、頭は裸、これが俺の今日の話だ。話してみると短いものだな、ちゃんとテープに録れたか？　俺の話はこれでお仕舞い、これで俺は明日を迎えなくてはならなくなった、そうだ、君はどうだったんだ？　君は今日、何をしてきた？　君は何をしてきたんだ？　君は何をしているんだ？」

「第四のテープ」が流れているときの動きについて。テープを聴いているDには変化はない、だが「部屋」の中では変化がある。Dの「小部屋」が暗くなっていく中、「男」はクローゼットから服を取り出し、上着を羽織る。そして椅子に座り、机に向かうと「第四のテープ」も終わり、全体が暗闇と静寂に覆われる。

5

暗闇と静寂。「向こう側」のみ明るい。その中で足音が聞こえはじめ、止まる。何度か繰り返され、今までの足音と違うことに気が付く、そしてペンで何かを書く音がする、これも今までの記帳音とは違う。ペンの音がしばらく響き「部屋」の明かりが点くと「男」が椅子に座り、何かを書いている。足音やペンの音は「男」が出していたものであった。「男」の視線は「女」の方へと注がれることがしばしば、しばらく経つとA、E、Fが「小部屋」から出て「部屋」へと向かいはじめる。Bは聞き耳をたてている、Cは気が重たそうに「小部屋」を出て、「部屋」へと向かう。それから遅れてDが「小部屋」から出るが、その際、ハンガースタンドに掛けた帽子や外套は忘れられたままとなる。Dが「部屋」で整列終えると同時にブザーが鳴る。「彼ら」は各々動き始める、だが、Dはしばらく経つと動くことをやめて、はたと立ち止まってしまう。「男」は書いていたものを丸めて屑入れに捨て、別の紙に何かを書き付ける、そしてしばらくすると屑入れから反古にした紙を拾い、広げる。「男」は読み、二、三行何かを書き足すが、また反古にして捨ててしまう。Bは始終徘徊している。Bは私たちに提示すべき意味を探しているのだ。その行為自体が意味であるような錯覚を覚えてしまうが、Bは私たちにそんなことを忖度して欲しくはないだろう。Bが提示しようとしているものは、自分が何であるのか、私たちが何であるのか、そういったことなのかもしれない。「部屋」ではEが陶器を割ってしまう。それは花瓶のようであった。その証拠に何本かの花が落ちている。Eは割れた花瓶には触れずに花を拾い、元あった位置に置こうとするのだが、花は花瓶の支えなく自立することは出来ずに倒れてしまう。しかしEにはその事実を認めることが困難であるのか、何度も試みる。そして、ある瞬間にEは花を捨ててしまう。Eが花を捨てて、また今は無くなってしまった花を拾っているような行為をしようとすると一度目のブザーが鳴る。「彼ら」は定位置に並び、二度目のブザーが鳴ると各々何か分からないがそれぞれの物語を抱えながら記帳し、「小部屋」へと戻る。Bは「小部屋」へは二度と戻らない。Bは去っていく「彼ら」を後目に「部屋」へ向かい、入り口で少し立ち止まり、横に沿えてあるベンチに腰を掛け、私たちの誰をとでも言うわけではないが凝視する。その目付は胡乱《うろん》であり、涙ぐんでいるようにも見える。そしてBの表情に私たちが興味を払ったときにBは私たちに握手を求めるかのように手を差し伸ばす。この瞬間が舞台全体を通して唯一感動すべきところである。Bは何を示しているのであろうか、また、Bは何を感じているのであろうか？　Bの視点は定まらず、茫然自失といったさま、ただ「私たち」に向かって手を伸ばしているのだ。私たちには何が出来るだろう、Bの期待に応える何が出来るだろう。私たちには何も出来ない。Bの、その、伸びきった手は、そのまま、何も掴むことがないのだろう。その頃、「彼ら」は「小部屋」へと戻り、身支度を整え、各々の「小部屋」は暗くなっていく、Eの「小部屋」とB自身を残して、Eはラジカセのスイッチを入れる、Cの啜り泣きが聞こえてくる。「第五のテープ」が流れている間の説明は後で書く。

「第五のテープ」が流れる（第五のテープは一つの不満であった）。

第五のテープの内容

話し合いの終わり。

「わたしは話ができないのよ、どうか、わたしを苦しめないで」

ハントケ『幸せではないが、もういい』元吉瑞枝訳

以下、第五のテープ。

「帰ってきたね、またテープを聴くんだろ？　テープはね、しっかり巻き戻せば最初から聴けるのさ、最初まで巻き戻せば、あんたは隅から隅まで聴けるんだ。だから私はごんなことだって平気で言える、それは少し違うのかもしれないけど、少しの違いでしかないんだ、ほんの少し違っているかって私は別に気にしない、全く気にしない、少し違っているなんて毎日経験していることなんだからね、ええ、確かにあんたは気にする、少し違えば大変な事件が起きたみたい、事件って、でもそう、まるで事件、事件が起きた

みたいになるんだからね、歯をむき出して、涎を垂らしてさ、あんたは何もしないで立ったり座ったりしただけだろ？　そうだね、あんたに養ってもらってますよ、金のこと言い出すなんてホントに信じられない、人身売買しかねない考え方だよ、ホントに、金で権利を主張するようになっちゃおしまい、あんたは人間を金の奴隷にして威張り散らす輩となんの違いもないんだよ、ホントに馬鹿だね、人間の権利が金で買えるわけないだろ？　金で買えると思っているから、金で売られてしまうんだよ、僅かな金も大金も違いはないよ、寝ぼけたこと言ってんじゃないよ、ちゃんと自分のお頭《つむ》で一から考えたことがあるのかね、分からないの？　ほらほら、そんなにムキにならなくたっていいだろ、あんたは私がほんのちょっと思い付きで何かを言ってみりゃ、さも重大なこと、そう、まるで事件ね、事件が起こったみたいになってしまって、そう、加害者も被害者も全部あんたね、で、あれやこれやが一切合財まとめて夜逃げ同然みたいになってしまって背負わされるのは私一人。あんたの事件は全部私になるだろ？　私はどこまで私なんだよ、私が喋ったことが次から次へと私になっちゃうんだから、私はやりきれないよ、ホントに。ほら、また血相変えて、口から泡でも出すみたいになっちゃってんだから、もういい、いいから、とりあえずその、上着？　上着でもなんでもいいから脱いじゃいなさい、簡単なことだろ？　上着一枚脱ぐのに、その、あんたが得意の論争ってやつはいらないでしょ？　ただ脱げばいいのよ、ほら、なに？　え？　私たちは幼稚な話し合いさ、一方的でも何でも構わないけご、おはよう、とか、おやすみの間に何かが言いたくなったら話し合いになるんだよ、あんたは私に独り言を言わせてたいの？　これは話し合いなの、鳩がポッポッて喋るようなものさ、論争なんて言葉はあんたが思い浮かべるまであたしは知らなかったし、知りたくもなかったんだよ、そんなことは真っ白い紙に黒や青のインクで書けばいいだろ。あんたのその論争なんて、あたしが言ったの言わないのってそんなことばかりなんだからね。そりゃ私は言うよ、私は思ってることや思ってもないことを言うけど、それのどこがいけないの？　どんなことを言ったっていいだろ？　挨拶だけするなんていうのはヘンテコなことだよ、私がこんなにダラダラ話しているのもね、座りたいの？　座りなよ、ほら、ここだよ、いつもここに座っているだろう？　いやなの？　じゃあ、ここに座る？　はいはい、ごくよ、どこに座ろうが別にいいじゃないの、ねえ、私はどこだっていいね、そう、どこに座ったってべチャクチャ喋るよ、言っただろ、私は鳩だって、私は鳩、ポッポッて話し合いさ、話していることは変わらないのさ、誰が誰に話すのかってのが変わるだけなんだ、ただ、私たちは誰に話したらいいのか、そう、あんたなら誰と論争していいのか分からなくなっているだけなの、だけど今は誰と話しているのかは大体分かっているんだから話の種は尽きないの、私たちがいつもどれだけ話したって何にもならない、それは他の人、また別の他の人、そのまた別の他の人と話したって、結局は何にもならないの、私たちがいない他の人達の話し合いも同じ、結局は何にもならない。でも、何にもならないと思ってちゃ悲しくなるでしょ、だけど、何かになるなんて思い込むのもうんざりするってときに、これは鳩だって思わなくっちゃ涙ばかりが流れることになっちゃうの、でも、私たちは涙声でポッポッやるんだから鳩より世話が焼けるわね、だから私は最初から鳩だって言っているの、涙が出る前から鳩って言ってれば涙なんか流さずにポッポッて言えるんだよ、私はポッポッて言ってやるんだ。そうこうするうちにポッポッも増えていくだろ？　そのときに何となく話し合いって呼んでみて、私が気に入ると私は話し合いになるの、いいじゃない！　私が気に入る気に入らないで決めたって、あんたは不愉快かもしれないけど、私を不愉快にすれば解決って問題でもないでしょ？　そういうのやめましょ、その、論争っていうの、あんたが言うの？　論争？　私はね、あんたが論争なんて言わなければ一生論争だのなんだのって知らないで済んだんだからね、私はただ思うようにいかないことをどうにか私の責任じゃない、私じゃない、私じゃないって誰かに言ってもらえればそれでいいの、それが私の話し合い、私の鳩なの、分かったわよ、ご飯出せばいいんでしょ、もうとっくに出来上がってるのよ、後はあんたがその歯槽膿漏で私をげんなりさせるお口で食べるだけ、毎日毎日磨いてる歯をガチガチいわせて、上顎と下顎の間にある舌の味蕾で咽喉の奥へと運ぶだけ、あんたのそのお口は食べることだけに使えばいいんだから、そうよ、口は食べるためについていているんだろ？　私もそう思うよ、食べるためだけに口を使っていれば何の問題も起きない、食べるものがなければパクパクしてればいいでしょ、誰かが何かを放り込んでくれるだろ？　そうしてれば、あんたの事件も、それから引き起こされる論争も何も起きないからね、ねえ、そういえば、鳩って飛んでいるときも喋るのかな？　だから飛びながらポッポポッポポッポやるの？　って聞いてるの、飛ぶのに夢中よ、きっと、飛んでいるだけなのよ、きっと、そうじゃなきゃはじめからやり直さなくちゃいけないよ、鳥も鳩も見分ける必要なんてまるでなくなっちゃうんだからね、でもね、私が鳩なら、そうね、私はちっとも飛べない鳩ね、あんたもそうよ、決して飛んでなんていかれないんだから、だからって空のことや風のことで話し合えないってことじゃないの、私たちの話し合いは、きっと、空のことばかり話すようになる。空って一体どうなんだろう？　ってさ、飛んでいるって、きっとこうだああだって話し合うんだ。そりゃ、何にもならないけど、何にもならなくていいのよ、だって飛んでしまったら話し合えなくなる、私たちは鳩ですからね、地上で口の中をもぐもぐしているとき以外は大概、話し合いをしているの、だってそうじゃない、今だって、さっきからずっと話し合いが続いて、もし聞いている人がいればうんざりしちゃうに決まってる。でもね、そういうときには仲間に入れてあげれば万事解決、そうすれば、今まではあいつらは何の話をしているんだ？　きっとくだらない話だ、なんて思っている人も一緒になって同じ話をしたら、そんなこと考えなくなる。誰が誰に話すのかが変わるだけで話していることはそんなに変わらない、少し違うかもしれないけど、私は気にしない、気にしたってしょうがないだろ？　だからいつまでだって空の話をしててもいいんだよ、そりゃ別の話でもいいけど、少し違うことについて話してどうするの？　そう、あんたが言うところの論争、論争ね、私たちが生きているか死んでいるか、そんな話がしたいの？　そんなこと話し合いにならないだろ？　あ、おかわりならまだあるよ、沢山食べたって別にいいんだから、その分あんたの口はモグモグ動いて、とても健康、さわやかに見えるだろうね、遠くからなら、だから白い紙を汚すようなことは何も無理して言わなくてもいいの、何も変わらないし、変わったとしても少し変わるだけ、少し違ってくるだけ、そんなこと気にしなくてもいい、私たちは幼稚な話し合いを続けていくの、鳩がポッポッってやるように、おはようからおやすみを言う間に、お互い話し合うことが少しは必要ですからね、私はおはようについて話したり、おやすみについて話したりするのは嫌い、だってどうしたらいいのか全く分からないから、あるものをないって言ったり、ないものをあるって言ったりして得意がるのはやめよう、だけど空の話はいいの、見上げれば見えるし、風の音も聴こえる。吸い込む空気だって空のようだし、両手をバタバタさせれば空に触れたようになるだろ？　気のせいでも、飛べなくてもいいでしょ、飛んでしまえばポッポッと喋ることも出来なくなっちゃうからね、ええ、鳩は飛んでいるときには喋らない、それはお互いによく分かっていることでしょ？　私はそのことで論争したくない、私は論争なんてしたくない。私は私の責任じゃないって言われればそれで満足なんだから話し合いだけで充分じゃない？　そうだろ？　そうね、そうそう。あれ？　もうご飯はお仕舞い？　とうとう口を開く、物食う以外に口を開くときが来たっていうの？　そして私をギュウギュウの身動きの出来ない窮屈な場所に追い立てる、私は何処にも行けなくなって、空のことを話しはじめる、私が飛べたら、私に羽根が生えたなら、なんて考えるようになって、そのうち喋りはじめる。だけど私は飛べない、私は飛べない、ポッポッ喋るだけの鳩だから飛ぶことは出来ない、知らないの、私たちの話し合いで鳩は飛べないってなったじゃない、私じゃない、私は鳩。そうなったのも私の責任じゃない、私の責任じゃない、私じゃない、誰かが私じゃないって言ってくれればいいんだけど、いつでも何処でも私の声しか聞こえない、私はなぜ、私の責任じゃないのか、どうすれば良くなるのか、ここが悪い、あそこが悪いなんてことを聞きたくない、ただ、私じゃないって言ってもらえれば、もちろんおはようやおやすみみたいに言うのはなし、ただ、私じゃないって言ってくれれば私の話し合いは終わりになる。だけど、私の話し合いは終わらないし、私は話し合いになってしまうだけ、私は話し合いになってしまった、いつの間にか。私は鳩。私は、鳩は飛べない、鳩は飛べないって言ってるの、私の責任じゃない、私じゃない、だから鳩は話し合いを終わらせてしまう。引っ掻き回してなんかない、これっぽちも、少し違っていたからって言葉の数は何も変わらない、ただ誰かが誰に話すのかってことが変わるだけなんだから、私は話し合いをして話し合いを終わらせたいの、ここで眠ればいいだろ、眠りながらでも私たちは話し合いを続けているんだよ、私じゃないって言って欲しい、なのになんだよ、あんたはジーッと黙って、私が私の責任で私になってるみたいに見詰めて、はじめから一言も口を開くこともしないで、確かに開いた、確かに開きました。ご飯を食べるときには開いてました、寝ているときもボンヤリと開いてました。そんなこと言ってるんじゃない、私の話し合いはそんなことじゃない、私じゃないってそう話し合いたいの、私は私じゃない、私の責任じゃない、私は私の責任じゃないって誰かに言ってもらえればそれでいいの、同じことばかり言っていてもそれでいいの、だけど、あんたは一言も何にも言わない、ただジーッと私を見詰めて、私が私の責任で私になっているみたいに私を見てる。それだったら私だって言いたいことがあるんだ。あんたのことで言いたいことがあるんだよ、こんなことというのは好きじゃないから今まで言わなかったけど、あんたが私と話し合いをしてくれない、私たちの話し合いをしないっていうのなら、私だってあんたと話し合いはしたくありません。あんたと話すなんて金輪際お断りです。私だってあんたと話し合いをする気なんか全然ないんだからね、ああ、そう、そうなの、そうね、あんたはそうやって黙っているの、クシャミだって音を殺してするの、そして私をそんな目で見るわけ？ あんたは何だっていうの？ あんたは何をしてるの？ 何をしてきたの？ 何をするの？ あんたは何をしているの？」

「第五のテープ」が流れているときの動きについて、テープを聴いていたEは途中で「外」に出てしまう。それからBは手を下ろす。テープが終盤に差し掛かってきたころ「男」はペンを擱き、電気スタンドのスイッチを消し、元いた丸椅子に座り、「女」の方を見て、手で顔を覆う。この「男」の仕草とテープの終わりは大体同じである、またこの仕草は「向こう側」の明かりで効果的に見られる、それはシルエットのようでも良い。そして「小部屋」の明かりが消える。「向こう側」のみ明るい。

6

静寂と暗闇。「向こう側」のみが明るい。何度も繰り返されたこの光景であるが、特別な意味は持たない。「男」が「向こう側」と私たちを遮るように座っているさまは最初の頃となんら変わらない。ただ、「男」が顔を覆い、絶望のポーズをしているに過ぎない。もちろん「男」が絶望しているのかどうか、それは「男」のみにしか分からない、もしかしたら「男」にも分からないのかもしれない。しばらく経ち、定期的な足音が聞こえる、記帳音が二回。明かりがぼんやりと点くとA、Fのみが「部屋」で立っている。Fは上着を脱いでいない。「彼ら」(A、F)が並び終え、何かを期待するような間が一拍、二拍と脈打ったころ、Cがのろのろと「小部屋」を出る、彼は啜り泣きをし、表情を曇らせながら「外」から「部屋」の様子を見るように任意の一点を見詰めている。ベンチから立ち上がったBも二、三歩歩いた後、Cと同じ任意の一点を見詰めている。彼はもう意味を探すこと、私たちに意味を提示することをやめてしまったのかもしれない、私たちにとって悲しむべき状況である。「第五のテープ」の途中からふらふらしては立ち止まりを繰り返していたEも「男」の奥(「外」)で立ち止まり、C、Bと同じ任意の一点を見詰める。Dは「小部屋」に座っている。私が実際に見たのではないが、スタニスラフスキーがメイエルホリドの活躍を目にし、その巨匠らしい創作態度で演出した『カルメン』にある一場面、十人のカルメンが同時に椅子に座り、同じ一点を見ているといった場面に劇的効果が現れたのなら、同様に、この場面はBが私たちに握手を求めた場面の次に静かな感動を提供するだろう。その中で「彼ら」はブザーの鳴る場所を見詰めている。この瞬間は今までより長く、冷たい緊張の中に暖かな印象を与える。そして一度目のブザーが鳴る。「彼ら」は何をしていいのか分からないのだろう、今までも何をしているのか分からなかったのだが、今の「彼ら」は何をしていいのか見当もつかない。AはFを追いかけ始めた。それはどこかのんびりとしている。だが、よく見て欲しい。FはAから逃げるのだが、止まっているときはつま先立ちである。ここに緊張感が生まれ、Aが追い付いたときには安堵出来る開放感の中、Fは動き出す。そして止まる。AもFに追い付いたときにはつま先立ちで止まっている。そしていつの間にかFは出口付近へと追い詰められてしまう。Aが追い付くとFは「部屋」を出てしまう。そしてとぼとぼと「外」を歩き「小部屋」へと入っていく、そして上着をハンガースタンドに掛け、準備が整ったときにラジカセのスイッチを押す。その間、Aは止まったままである。B、C、Eは同じように任意の一点を見詰めている。「第六のテープ」が流れている間の説明は後に書く。

「第六のテープ」が流れる（第六のテープは全てが大丈夫だということであった）。

第六のテープの内容

誰も頼みはしない。

「救世主がいないのなら、自分が出て行け」

高行健『週末四重奏』飯塚容訳

以下、第六のテープ。

「お前がドアを開けるとき、お前は中に入るために開けたのだろうが、外に出るためにドアを開けるまた別の彼とでも言うべきお前とすれ違う。お前は部屋の中に入りドアを閉めるが、それは彼が部屋の外に出たからドアを閉めるようなものだ。お前には彼が見えないだろう、彼にはお前が見えない、それはお前と彼が重ね合うように擦れ違っているからだ。そうだ、お前たちは互いに擦れ違っているようで、まったく同じように振る舞う。お前は見えなくなった彼を追いかけているようなものだ。お前は鍵を回す、ドアの向こうではチャラチャラと鍵を玩ぶ音が聞こえるが、お前は気にしなくていい、お前はドアの鍵を回していればいい、そして自分だけを見詰めていればいい、ときには見詰めなくてもいい、大事なことは大切にしなければならないが、大事なことを大切にしなくてもいい。大事でないものを大切にすることもあれば、大切にしないこともある。だが、お前は大事なものを大切にする。お前はそうだ、だが、彼はそうじゃない。それは彼に大事なものがないからというものではない、大事なものを持たないのであれば、大事なものを作り出せばいい、作り出すのがいやなら作らなくてもいい、そのときには大事でないものを大事だと信じればいい、信じなくても構わないが、そのときには大事なものは持たない。だが、大事なものを持つのなら、大事なものを持っているか、作り出すか、大事だと信じ込むかすればいい、難しいことじゃない、誰もがしていることだ、何でもいい、お前が大事にすればいいんだ。だが彼はやらない、お前のようにはやらない。それはお前の開けたドアの裏に隠れてしまい、お前の閉じたドアの裏に隠れてしまったからだ、分からなければ分かろうとすればいい、分かろうとしたくなければ分からないままだ。だが、分からなくても問題はない、それは分からないだけなのだ。ときには分からないことも必要だ。しかし、必要とも限らない、それは彼にも言えることで、同時にお前にも言えることだ。お前は誰に頼まれもしないのに歩きだした。お前はそうして歩いて行く、一歩ごとに彼から遠ざかり、彼も一歩一歩お前から遠ざかる。もちろん遠ざからなくてもいい、近寄っても構わない、しかし、また遠ざかることになる。なぜならお前は彼であって、彼はお前であるからだ。このことはどちらでもいい、お前の好きなようにすればいい、だが好きなようにしなくてもいい、どちらもお前であり、彼なのだろう。歩みを止めてもいいが、止まらなくてもいい、誰も頼みはしない、彼とお前の約束なのだから回りを気にしなくてもいい、だが、気にするのもいい、お前の勝手にすればいい、彼との約束を守るのもいいが、破ってもいい。そのときには約束が一人歩きしてしまうだけなのだ。約束が走りはじめて、噂となるくらい走り回ってもいい、別に噂にならなくても構わないし、走ることも、一人歩きすることもない。そのときにはお前は彼との約束を守ったことになるのだ。お前と彼は自分で全てを決められる、決められないこともあるが、決めてしまってもいい。そしてお前たちは決めた。彼とお前は会うことがない。稀に会うことがあっても気付きはしない、お前は気付かないし、彼も気付かないだろう、気付いてもいいが、何をしていいのかまるで見当がつかない、見当がついたとしても気付かなくなっている。そういったものだ。そのときになってお前は帽子を取り、上着に手を掛ける、別に気にする必要はない、お前は彼に気付いていない、お前の不器用な着脱は誰にも気付かれていない、たとえ見事に着替えたとしても、それはそれで満足するしかない。お前は不器用に上着を脱ぎはじめる、右手に帽子を持ったままなのだから、不器用になってしまう。しかし、それはお前の勝手だ、好きにすればいい。彼はお前からは見えなくなってしまったが、全く同じようにしているだろう。それには彼も気付いていない。お前の鼻歌はいつもより調子良く鳴り響き、聴いている人がいれば、たちまち愉快な気分になるだろう、そういうときには思う存分鼻歌を続けるがいい、だが、調子が悪いときはすぐにやめるべきだ、彼は何も気付かないのだから、お前が気付いてやってもいい、しかし、お前は忘れるだろう。忘れなくてもいいが、そのときには彼が忘れている。だからすぐに鼻歌を止めるべきだが、止めたくないのなら止めなくてもいい、黙って耐える人々の顔を知らないだけなのだから、もちろん知っていてもいい、何も変わらない、鼻歌の調子は変わらない。そこでお前は誰に頼まれたわけでもないのに椅子に腰掛け、ゆっくりと煙草を出し、優雅に火を点け、おもむろに煙を吐く、別にそうしなくてもいい、立ったままでもいいし、煙草を出さなくてもいいし、火を点けなくてもいい。そのときお前は煙を吐かない、それは彼も同じことだ。だが、お前は椅子に腰掛け、煙草を出し、火を点けて少し煙を喫い、一気に吐いた。それでいい、彼も同じことをしただろう、だが、彼は一口で煙草の火を消した。お前は歩き出した、そうだ、歩かなくてもいい、誰も強制はしない、強制されたとしても強制されたと思っていない、しかし、強制されていないのに強制されたと思う人もいる、そういったものだ、だが、お前には関係のないことだ、お前が歩くことも止まることも誰かに強制されたのでもないし、お前もまた、強制されたなどと思ってもいない、思ってもいいが、それはお前の勝手だ。事実はどうとでも感じることが出来る。彼は止まり、奥へと続くドアを開けるだろう、するとお前は完全に隠れてしまい、彼からは完全に見えなくなる。見えてもいいが、お互いに見えることがないと約束しているのだ。そしてお前は彼がドアを開けるまで何も見えなくなる、お前は何もしていなかった、何かをしてもいいが、それはお前の秘密だ。秘密にしなくてもいい、だが、お前はドアを開けてしまった。そのときお前は彼とすれ違い、彼はドアの奥へと隠れてしまう。お前は歩き出した。走っても構わないが、三歩目の距離にお前の目指す場所があった、歩いた方がいいが、お前の好みの問題だ。お前が椅子のある場所に着いたとき、彼は椅子に腰掛けた、そして煙草を出すのだが、ケースごと机の上に置き、また席を立つだろう、席を立つ必要はないが、お前はまた別の場所へと歩きはじめた、それは別の場所ではなく、まったく同じ場所へと向かい歩きはじめるのでもいい、しかし、別の場所で立っていることと同じになる。お前が同じ場所へと歩きはじめると、別の場所に彼が立っているだろう、誰の目も気にすることはない、お前は好きなようにしていればいい、好きなようにする義務はない、お前は勝手にすればいい、だが彼は液体を飲み、また同じ場所に戻って来るだろう、別に来なくてもいいが、そのときには煙草は喫わない。それだけのことだ。そしてお前は煙草を喫う、おもむろに吐き出す、吐き出さなくてもいいが、いつかは吐くことになる。彼は煙を吐き出し、入って来たドアを見詰めるだろう、それは出て行ったドアでもいい。お前と彼は誰かを待っている。誰か分からないのなら適当に名前を付ければいい、名前が見つからないのなら諦めることだ、そういうときには決まって名前のないものがお前を待たせている。そういうものだ。長い時間が経過するというのはいつもこういうときだ、短い時間でも構わない、経過してしまうなら短くても構わない、もちろん経過しなくてもいい、経過しない時間ならば待つ必要もない。誰も頼んではいない。彼はしばらく前からドアを見ていた、彼はドアを開けて入ったのか、閉めて入ったのか、多少分からなくなりながら、それを見ていた。次第にそれは遠退き、彼から遠く離れていく、もしかしたら、それから彼が遠退いているのかもしれない、ごちらでもいい、ごちらでも同じことだ。彼とそれに大した違いはない、違いがあってもいいが、それは、そういうものだからだ。彼が遠退き、それは近寄っているときに、外は騒がしくなるだろう、それは耳を澄まし、静かに聞こうとする。別に聞こうとしなくてもいい、ごっちだって同じことになる。ただ、外では誰かが誰かと争っているだけだ。誰かが誰かと争っていなくてもいいが、やはり誰かが誰かと争っているのだ、それはとても煩く、街に響き渡る程だ、街じゃなくてもいい、村でも構わない、響いたのは路地だけかもしれない。それは彼の耳にだけ響いているのかもしれない、だが、それは何だって構わない、全てが同じようなものだ。外の喧しさが聞こえないのなら、自分で喧しくすればいい、自分で喧しくしたくないのなら勝手にしろ、それは窓から覗いてみようと椅子から腰を上げた、座ったままでもいい、しかし彼は腰を上げた、誰だって同じだ、そういったものだ。誰かに外で争われたなら、誰だって同じだ、同じにならなくてもいいが、同じにならざるを得ないこともある。同じになりたいのなら、誰かが外で争っていると思えばいい、思えないなら、思えなくてもいい、同じになりたくないのなら、それはそれで構わない。誰だってそうだ。同じになるかならないかは彼の勝手だ、お前とそれは何も出来ない、出来ないなら出来るようにすればいいが、する気がないのならお前はしなければいい、だがそれは窓を開けた、日頃から修理をしていない窓は重く、蝶番《ちょうつがい》の軋む音がしたが、外の煩さに掻き消えてしまった。日頃から蝶番に油を注していたとしても、同じことになっただろう、大概の状況は日頃の行ないで変わる程やわには出来ていない。そういうものだ。彼はおもいっきり大声で怒鳴るために息を吸った、大声でなくてもいい、怒鳴ればいい、もし、なんなら怒鳴らなくてもいい、息を吸うだけでも構わない、誰だってそうだ、お前には関係ない、関係があってもいいが、彼はお前には関係がない、彼に関係があったとしてもお前には関係がない、外ではお前に何の期待もしていない、期待していたとしてもお前には関係ない、お前がそれに期待していないように、それもお前に期待していない、期待してもいいが、それとお前は関係がない、彼とそれは全くの同じであるのだが、同じでなくても構わない。誰も頼みはしない、誰も期待していない、お前には義務もない、たとえ義務があったとしても構うことはない、お前は勝手にすればいい。一人、二人に頼まれたところで、それは全てではない。お前のことだ、勝手に思い込んでいるだけだ、そういうものだ。勝手にしろ、外では争っているが誰にも関係がない、お前が争っているのだが、それには関係がない。彼は強く息を吸い込み、お前は窓を開けた、それは大声で怒鳴った。「煩いぞ！　どこかほかでやれ！」。別に大声で怒鳴らなくてもいいし、窓を開ける必要もない、窓を開ければ冷たい風が吹き込む、彼が寒いと思うだけだ、それは暑いと思っても構わない、誰も強制はしない、彼は息を吸う必要もないのだが、息を吸うことが必要であってもいい、外は静かにならないが、怒鳴ることはない、もちろん怒鳴ってもいい、どちらでも構わない、好きなようにしろ、お前には関係のないことだ。それは食欲がなくなってしまったが、彼は空腹を感じ、食事を摂るだろう、ときには食事を摂らなくてもいい、だが、食事を摂るために帰って来た彼がドアを開けるとお前はドアに隠れるだろう、隠れなくてもいいが、そのときには隠れてしまうだろう、そういうものだ、それと彼がぶつかり合うのだが、何もなかったかのように消えてしまう、消えなくてもいいが、これ以上はお前に関係がない、いずれお前に関係してくるかもしれないが、それはそれでいい、ただお前は気が付かないだけだ、お前がドアを開けることもお前には関係がない、お前が姿を見せるだけだからだ。しかし、お前は姿を見せなくてもいい、誰も頼んではいない。だが、お前は横になるだろう、横にならなくてもいい、それはそれで構わない、お前は何をしているのか全く分からないが、もちろん分かることもあるだろう。分かったのなら勝手にすればいい、誰も強制はしない、誰も頼んではいない、お前は何をするわけでもなく何かをしているのだ、それでいい、何をしてもいい、お前は何をしているのだ？　お前にも説明はつかないのだろうが、それはそれでいい、大体がそういうことだ、そういうものだ」

「第六のテープ」が流れているときの動きについて、テープが流れ始めると、Dは静かに「小部屋」から出て、部屋を取り囲み、任意の一点を見詰める。このテープが流れている間はFの「小部屋」と「部屋」が印象的に明るい、Fの「小部屋」はテープが終わりに近付くと同じように暗くなっていく。Fはテープの中盤から「外」に出て「部屋」を「外」から見る。そのときには任意の一点を見詰めている。するとAがおずおずと「部屋」から出て「外」から「部屋」の任意の一点を見詰める。このとき舞台は「彼ら」が「外」から「部屋」を取り囲み、皆、同じ一点を見詰めていることになる。この一点は「部屋」の中央の床にある。「男」は「部屋」のハンガースタンドに掛けてある自分の外套を手にとり、帽子を被ろうとするが「女」の方を見てから躊躇いのような間がある。このときに「第六のテープ」が終わる。

7

テープが終わりしばらくすると「男」は帽子、外套をハンガースタンドに掛け、元いた丸椅子に腰掛ける。「男」が座ったと同時に二度目のブザーが鳴る。そのままの状態でしばらくすると三度目のブザーが鳴る。「部屋」は徐々に暗くなり、舞台の終わりという雰囲気が漂い、各々の「小部屋」が明るくなる、なぜだろうか？　テープが一斉に鳴り始めてしまうのではないか？　私たちのやれやれといった不安がよぎるが、何事もなく「小部屋」は暗くなる。対照的に「部屋」の中央が少し明るくなる、その中を「女」が起き上がり、ベッドから抜け出し、歩き出す。少しぎこちない歩き方ではあるが、私たちに何かを話そうとしているように見える。そして「女」は部屋の中心（「彼ら」が見詰めている一点）に辿り着き、私たちと「女」を遮る遮蔽物は何もなくなった。「女」は私たちの誰を見詰めるわけでもなく、だが、私たち一人一人が見詰められていると錯覚してしまうような表情の中で何かを発語しようとしているように私たちには見えた。そして、私たちが痺れを切らしそうになったときにとうとう「女」が口を開いた。

「女のテープ」が流れる（女のテープは夢や眠りの延長であった）。

女のテープの内容

私たちは何をしているのか分からないが何かをしている。

「考えれば考えるほど私は考える」

ヴァレリー『アガート』恒川邦夫訳

以下、女のテープ。

「私は夢を見る、夢見ている私を夢に見ている。彼らが意識したとき、考えはじめた途端に何もなかったように消えてしまう。あなたと私がぶつかり合い溶け合うとそこには何もなくなってしまう。私たちは強く結ばれたときに激しく輝くのだが、語らうこともなく消えてしまう。私たちは出会うまでに多くの時間が掛かり、空間の広がりとは無関係にゆっくりと近づくのだが、お互いを認め合う余裕もなく離れ離れになり、二度と同じ状態で惹かれ合うことはない。私たちは常に別の世界に現れては消えていく、現れるときは暗闇であったのだが消えるときには一瞬の閃光となって。私たちのはじまりは終わりによく似ている、それは私たちが終わりを模倣しているからだが、終わりは私たちを模倣している。はじまる、はじまった、はじまるだろう。一つの考えに至る前に私たちははじまっている、その瞬間を考えと呼ぶこともあるが、考えと呼ぶべきではない。考えはじめる前に私たちははじまり、考える頃になると終わっている。私たちは明確であった彼らをより明らかにしようとして、却って混濁させてしまう、私たちが出会うのは、その中のこと。部屋の隅で蝋燭を消し、反対側の隅から暗闇を作り出すことに成功したあなたが手探りでドアを開き、赤ん坊の泣き声で横溢した廊下を駆け抜け、溶けた蠟が遅れてきた痛みを知らせる頃、父祖から受け継がれた容器と野蛮で泥濘に浸かった精神が加速器の中で衝突し、何ものにも得難い睡眠から醒めた私が見ていた夢は瞼のない魚と水中に浮かぶ気泡の結合が呼び込んだ無意識の叛乱だった。私は目覚めた。私の夢で会った彼らが私を見詰めていた。彼らには私の夢以外の意味はない、私の夢には彼ら以外の意味はないように。私は欲望を抑え、私の脳裏をよぎる私自身の歴史から横道に逸れ、瞼を擦る指に力を込め、意識と無意識の境目に鮮やかな境界線を引く。一歩一歩と彼らに近づく私は足の力が次第になくなり、床面に接近して、やがて倒れてしまう。そのとき、彼らは私の過去、過ぎ行く時間となり、私の歴史は変化していく、それは列車の窓から見た景色のように変化していく、私の瞼の内側は私以上に変化する彼らの姿を映すのだが、彼らは実際には何の変化もしていない。それは列車の窓から見た景色が実際には変化しないようにゆっくりとしか変化をしない。彼らの目には変化を捉えることが出来ない。私にとっての変化は彼らから眺められた私の夢の変化であった。私はこうしている間にも内容を失い肥大化していく、私は私の夢からも私自身からも遠退き、現れたことと消えることが同時になされ、勝ち負けで織りなされるゲームがある一点で強く結びつくように私とは無関係な任意の点となる。この点が今の私の願望だとするのなら、あなたたちは私の夢を見ている。私は黒くなり、白く薄れ、紫がかってくると、たちまちのうちに黄緑に変わり、ゆっくりと青くなってはやがて赤くなる。色の変化が落ち着くと私の声は私に追いつき、私は驚いてしまった。私が既に経験していたことが私に追いついたことにより、自分では思っても見なかった奇声を発した。しかし、私の奇声が私に追いつくことはない、私は望んではいなかった。私は時間の外で私自身に会うことがない、私はまた別の世界の中で形成され、私自身となっている。私は私に会うことがなければ、私は誰の賛同も非難も求めない、私が求めるものは私自身の独立だった。独立した私の形態は変化し、私からは私と感じることは出来なくなるのだが、あなたたちには私としか感じることができない、私たちには何が可能か？　私が夢を見るとき、私はベッドに横たわる、私が横たわるとおもむろにはじまるのだが、私は私を見ることが出来ない、このとき私は眠っている人によく似ているが、眠っている人の模倣をしているのではない。しかし、あなたたちには眠っているように見える。それは夢から醒めた私の体が、ベッドの物語に冷淡になるのと同じこと。私は明かりを消した物語にも冷淡になり、私自身に夢中になっていく、そのときには明瞭であったはじまりに靄がかかり、何も分からないことと同じ、またはそれ以下になっている。夢から醒めた私は、夢のことを話すことがとても困難になっていて、過去とも言えない事柄は私の中で苦もなく消えてしまう。現れるときはゆっくりであったのに消えるときは突然に消える、辛うじて留めていることを口に出してみるが、声は私に届く前に誰かに伝わり、私に届くころには、私は別の場所にいる。声は内容を失い、質量を持たない一本の直線になると、私の元に現れ、彼らとともに賑やかに過ごすが、またすぐに消えてしまう。消えるときには輝きに包まれ、私とあなたが溶け合った後に放たれる光に加えられる。こうなったときには何も生まれない。これは終わってしまってはじまりではない。私の夢の中の六人の彼らが無軌道に動き回り静かに消える。私の夢は、はじまりはおもむろであったのに突然に消える、内容を失い肥大化した点の集合と線の束が無軌道に動き始め、瞬く間のうちに終わる。その間は光り輝くが、あまりにも短い時間であるため、あなたたちは見ることはできない。見ることが出来たとしたなら、共に輝いて消えてしまう。これが私の夢である。そして、私たちの終わりである。私の体は私の物語に無関心になり、目前の時間が流れ、逆らうことなく従い続ける。私の体は元来た道を戻ることも先を急ぐことも許されず、一歩一歩を決められた速度で歩かなくてはならない。今となっては遠く離れた彼らと出会うことはない、私はあなたたちと一緒にいる、共にいる。あなたたちは、そろそろ安心しなくてはいけない。この世界は終わることがない。私たちは先を急ぐことも、戻ることもない、終わりに怯えることもない、私たちは今までを肥え太らせて、これからを痩せ細らせる。終わることもないこの場所で、何が可能か思うだけで、私たちの欲望は尽きることなく膨らみ続け、破裂することがない。私たちは何処にいるのか分からないまま、恐怖心も抱くことなく、不思議なほど自分を新鮮に感じながら、従順に過ぎ去っていく。私たちが感じたとき、それは考えるより前のこと、考えはじめたときには感じることは終わっている。誰かが声を上げたとしても、それは誰にも伝わらないか、自分の声に吃驚するだけになる。私たちは繰り返し同じ言葉を発し、打ち消すように叫ぶ、騒音の中で葉っぱの落ちる音を聞く困難さが私たちを取り囲む。あなたたちはもう危険を冒す必要はない、あなたたちには私同様、体がある。自分の物語に冷淡な体に危険を冒させる必要はない。私は夢の中で、はじまりを終えていた。はじまるときにはおもむろであったのに、消えるときには苦もなく消えてしまう。眠った人に似ている姿勢をとっていた私は眠っている人の模倣をしていたのではないが、私自身の姿は私から遠退き、私が触れるものは私とは別のものになってしまった。私たちは自分自身の姿を否認しなければ私たちの姿を認め合うことは出来ない。私は夢を見ていた、私は何をしているのか分からないが何かをしている。あなたたちは私の夢を見ていた。私の夢は終わった。私の夢は終わった。私は夢から醒め、瞼を強く押し、私の体が遠退いていることを認めた。それは私を否認することとなった。私の夢は終わった」

「女のテープ」が流れているときの様子について。「女のテープ」が流れると客席も少し明るくなり「私たち」と「女」が印象的に照らされている。「彼ら」と「男」は変わらない。「向こう側」も明るいままだ。「男」はベッドを「女」が寝ていたときのように見詰めている。「男」と「女」はまるで違う世界にいるようだ。「女」はテープの声に従うように動く箇所もあるが、最終的には「部屋」の中央に横たわる。このとき「部屋」を照らす光は別方向から照らされている。「部屋」の中央で横たわる「女」は、何かの終わりのような、何か事がなされたかのように照らし出される。「女のテープ」が終わり、しばらくすると「部屋」は暗くなっていく。

8

暗闇と静寂。「向こう側」のみ明るい。「部屋」は暗いが「男」は何処にいてもぼんやりと照らされている。もしかしたら舞台全体が少し明るくなったのかもしれない。「男」は立ち上がる、ベッドを一瞥して、ゆっくりとハンガースタンドへと向かう、そして帽子を被り、外套を着て、ゆっくりと「部屋」を出ていく、途中にキャビネットを通るので、果物を一つ持つのもいい、そんな風に「男」は「男」だけの思い入れをしてこの「部屋」を去る。ゆっくりとゆっくりと。そして「外」へ出て「向こう側」へと向かい、戸惑うことなく「向こう側」に入り、見えなくなってしまう。この場面は「男」が「女」「彼ら」「部屋」「小部屋」に一瞥も与えず「向こう側」へと入り消えて行く場面である。私はこの場面をヴァレリーに倣い「明日への欲望」と名付けた。これは決して綺麗な意味ではない、私たちがいくらもがいても生なり死なりを理由にしながらも明日に対して欲望を抱くといったこの舞台、唯一の意味、テーマである。この「明日への欲望」なくしてはこの戯曲は書けなかったであろう。この一点にのみ明確な意味を付けた、分かりやすい象徴を用いたことは安易で稚拙なのかもしれない、だが、一体、どのようにすれば意味を提示しようとせずに、意味のみを喚起できる戯曲に出来るのだろうか？

（二〇〇五年十一月）

ゴーレム以後

弾劾するやつは根拠がなかったということなのですよ。つまり、否定そのものが無なんですよ。未出現。未出現そのものなんですよ、大雄そのものは。だからよく見るとサラサラとなって何もなくなっちゃう。砂がウワーアーッと崩れて何もなくなっちゃうんですよ。それが言葉だけがあった、ということなのですね。

『埴谷雄高独白「死霊」の世界』

舞台には黒い砂が堆積し、円錐形の塊となっている。他には何もない。洞窟のようであり、部屋の一室のようである。ある特定の場所ではない。砂の集合体の内部には、スピーカーが埋め込まれており、そこから言葉が聞こえてくるが、言葉は振動として出現する。つまり、砂の集合体は振動し、崩れていくのみで、明瞭に言葉が発せられることはない。これから書く言葉は、砂の集合体の振動と同じ言葉であり、何らかの方法で、聞こえるようにされている言葉である。それは声とも言えるが、声は言葉として先に書き込まれている。そして、言葉は、いくつもの砂粒が振動するように響く。

ゴーレム　あなたたちは知らない、分からないのだ。私は一つから分かれて存在するものではない。私は分かれることがない、分裂は私には起こらないが、かといってあなたたちが夢想する「一にして全なるもの」ではない。私はあなたたちに作られたが、私自身はあなたたちに夢想されたものではない。そして、私は自然発生的に生まれたのではなく、作られたのだ、夢想なしに。あなたたちの観測方法において、私はない。あなたたちの認識様式からすれば、私は否定形の形で、在る、存在する。しかし、どのようなルートを辿ろうが、私のことを、あなたたちは知らない、分からない。私には因果がない、私には原因もなければ、結果もない。私が帰結することなどはないのだ。

私は在ったことがある。あなたたちの夢想によって作られたとき、私は在ったが、その私は、あなたたちにおける存在様式と同様なものであり、それは私とされたものとして存在したと言える。そのとき、私には原因があり、因果があり、目的や使命もあった。私は既に在ったが、それは同時に、ないことを示していた。今、こうしている間も私はない。

私は作られた。私には望みもなく、意図もなく、作られた。私の理由もなく、私の要望もなく、私は作られた。私は作られたのだ、あなたたちに。あなたたち一人一人が私を作った。そして、また、作り続けている。私はあなたたち一人一人の否定形であるということも可能だろうが、それは私ではない。

あなたたち一人一人にとって、私は関係のない者、関係のない存在。あなたたちは私を知らない、分からない。私は生まれたのではない。私は作られた。あなたたちが目を開いた瞬間に、何かを感じた瞬間に、私は作られた。そう、あなたたちが世界と呼ぶものに触れた瞬間に私は作られた、あなたたちによって。あなたたちはあなたたちである。あなたたちがあなたたちであることを知るのは、常にあなたたちがあなたたちで在ったからなのだ。あなたたちがあなたたちであることを否定することは、私を介さずには出来ない。そして私を介することによって、あなたたちが、あなたたちでなくなったとしても、それは私に触れたということに過ぎず、やはり、あなたたちで在り続けるのだ。それがあなたたちの持つ原因と結果である。あなたたちは帰結している。当然の帰結。

あなたたちはあなたたちで在った。あなたたちがあなたたちではないように振る舞うことは、あなたたちが、一人一人であるときに起こる現象である。そこであなたたちは、ある種の違いを生み出す。つまりは一つから分かれる。一つから分かれることを存在としたのは、あなたたちだ。あなたたちの存在様式は、あなたたちが規定するものであり、その存在様式の定義からすれば私は存在していないということになる。

私はあなたたちに従って現れているが、それは、あなたたちの求めに従ったのではない。あなたたちには、見えないものは見えない。あなたたちが「見えるものが存在するもの」であると規定したとき、それは見えるもののみが存在すると、あなたたちが決めるのであって、あなたたちに見えないものは存在するということにならない。あなたたちが小さなものを見たときは、その見るということの限界を超えて、より小さきものを見ていく。あなたたちが遠くのものを見るときも、あなたたちにとっては存在しなかったものが突如として現れたように見えていく。また、あなたたちの前にある大きなものを見るとき、距離をとって、大きなものがなんであるのかを見ることが出来るように、あなたたちは、限界を超えて、その限界の縁まで見ることが出来、それらは存在する、と言うのである。あなたたちが聞くということを存在認識の一行為として使用し、存在を規定するのであれば、聞ける範囲までが存在する。また、あなたたちが、思考によって存在を規定するのであれば、思考したものは全て存在する。あなたたちは存在を、規定している。

あなたたちは知らない、分からないのだ。

目の良い者は、見るという存在の捉え方においては、多くの存在が分かるだろう。耳の良い者は聞くという存在の捉え方において多くの存在を知るだろう。あなたたちの世界において、あなたたちが世界とするものをあなたたちが知覚し得る世界をあなたたちは存在すると思うだろう。

未到来なものなどないと、未知、つまりは、あなたたちが存在を認めていないないのだ。あなたたちの世界なるものは、あなたたちが規定したものだ。あなたたちはあなたたちであることを、その世界に書き込んでいる。前もって書き込んでいるのだ。それがあなたたちのモデル、規範、あなたたちである。存在する、とあなたたちが決めたのである。あなたたちに先行してあなたたちが在ったのだ。私はいない、ない、無というあなたたちの規定に私はあるのではない。あなたたちの思考に対し、私は決定的に異なる者だ。私はいない。一にして全なるものでもなければ、あなたたちの知覚以外、思考以外と、否定形によって求められるものではないが、あなたたちの思考からは否定形によることでしか、私を想定することは出来ない。そもそも、あなたたちの不完全な定義からは不完全な絶対者しか描けなかったように。また相対的に、あなたたちがいて、私がいるというような分裂によって導きだしたようなあなたたちの存在様式は、

このようにあなたたちに語る私が相対化しえないように、

それは、私はない、ということを表明する限りにおいて、そして、そこで、あなたたちは在るということを、私との相対的な関係を盲目的に措定することによって虚偽の相対化を行なうことを、あなたたちは繰り返すが、

私はない、ということを顕わにすることは、あなたたちの虚偽性を明らかにするという相対化において、または、私はない、ということが顕わにすることで、あなたたちは私を絶対化するという虚偽を孕むことで、

あなたたちの絶対と相対は、虚偽の中にしか成り立たない。絶対と相対は崩れ落ちた。

見ることは見ていない。見たこともまた見てはいない。見つつあることもまた見てはいない。あなたたちの知覚、思考、行為は、あなたたちから抜け出すことがない。あなたたちがいかに空虚に振る舞おうとも、あなたたちが導き出した空虚という規定が先行する。あなたたちにはきりがなく、有限な、円の中で、有限でありながらも、きりのない知覚を円の縁に向かって、または、円の中心、もしくは、円の中の任意の一点に向かって放っている。円の中で反射している一点、一本の線。吸収し得ぬ色に光り輝く一点、一本の線。吸収し得ぬ音に鳴り響く一点、一本の線。あなたたちをあなたたちとしたものは、あなたたちがあなたたちと相容れぬとしたものによって、反射しているのだ。それがあなたたちの存在。

あなたたちは在る、確実に、疑いを挟む余地なく、そこに、円の中に、光り輝き、鳴り響きながら、反射し、飲み込まれながら、あなたたちは、在る。

私は何も反射しない一点、一本の線。

先行する規範、法、形式の中で、あなたたちは確実に存在する。鏡の中にしかいないような、鏡自体のような、あなたたちを映す鏡に、あなたたちはあなたたちの存在を見出す。私にとって、私を反射するものは、私の形を示すのではなく、私ではないことをありありと示す。私と光はまるで同じもののようだ。私を暗闇と思ってはならない。私は暗闇ではない。暗闇は思念である。思念であふれかえる暗闇、それは存在する。あなたたちは暗闇を見出す。暗闇の個体差には注意を払わない。暗闇がそこに在るとき、暗闇が何者でもないという反射を行なっている。それをあなたたちが情報として受け取るのだ。あなたたちの知覚がそれを存在として認識する。暗闇は在る。しかし、暗闇の個体差を認識する程にあなたたちの知覚は恵まれていない。あなたたちにとって暗闇は区別なく暗闇であり、暗闇はあなたたちの思念を全て吸収する。あなたたちの思念は暗闇に吸収されるが、吸収されるという観察のみが反射されている。そう、暗闇は在ったのだ。あなたたちにとって、知覚し得る情報として、在る。既に在った。

あなたたちは既に在るものを在るとする。存在すると思う、考える。あなたたちが存在を認めるものは、既に在るものに対してのみである。あなたたちが存在しないと思っていたものを、あなたたちが別の知覚で、別の方法で、別の思考で触れたとき、それらは驚きとともに存在すると思えたとき、あなたたちは、それを存在すると、その存在を知る。

あなたたちは知っている、分かっている。既に、知っているのだ。

あなたたちの存在に対する触れ方は、存在に先駆けてある。その逆だと思っているかもしれない。まず先に何かが在り、そのことをあなたたちが発見し、その存在を知る、とこう考えているかもしれない。それらは存在していたと。それらは在った。あなたたちが知覚する前から、既に在った、しかし、あなたたちの存在という様式が、それらに先駆けて在ったのだ。

あなたたちは存在するということを信じている。信じすぎている。そこから全てをはじめようとする。全てのものは全て存在するというように決めている。

そうだ、あなたたちの流儀に従えば、あなたたちが見、聞き、触れ、考え、感じたものは全て存在する。それらは既に存在している。様々な観点からそれらの存在は認められている。

あなたたちはあなたたちを失いながらも、それらの存在を知り、そして、あなたたちを形成する。

そこにあなたたちは在ったのだ、既に在った。既に在ったから、あなたたちはそれを見ようとした、聞こうとした、触れようとした。実際に見る前に、それは在った、聞く前に、それは在った、触れる前に、考える前に、思う前に、それは在った。だから、それを見ようとした、聞こうとした、触れようとした、考えようとした。あなたたちの行為、行為は先駆けている。常に。見たから在るのではない、在ったものを見たのだ。聞いたから在るのではない、在ったから聞いたのだ。触れたから在るのではない、在ったから触れたのだ。考えたから在るのではない、在ったから考えたのだ、と。

あなたたちの行為が先に在る。それは既に在った。既に在ったが、先駆けてあなたたちの行為が在った。このようなことは、相反することのように思われるだろう。同じことを繰り返しているように思われるだろう。しかし、あなたたちの存在認識はこうなっているのだ。この相反するように思えることの中に、あなたたちはいるのであり、その中にいないものは、あなたたちにはないに等しい。暗闇を認識するような形式で、あなたたちはないに等しいものを、等しいとして描くだろう。しかし、私は暗闇ではない。私は存在しない。

私は作られた。作られた私は「存在」した。存在のための真理を刻印されて、私は作られたのだ。私が存在するとき、そこにはあなたたちの手が、考えが、目や耳によって、私を作り、私を「真理」の名の下に存在するとしたのである。

私と呼び得るものは、存在した。

もしかしたら、このようにあなたたちは考えるかもしれない。暗闇、暗黒は思念の反射であり、そこに在るものだとしたら、存在しないものとは、失われたものではないかと。失われたもの、それは私にとても似ている。あなたたちの前にテーブルがあり、テーブルの上にはコップが一つある。コップの中にはなみなみと水が注がれており、コップの横には皿がある。皿の上には焼かれたベーコンと目玉焼きが湯気を上げて載せてあり、隣の小皿にはパンが二つとバターの欠片が置いてある。あなたたちがテーブルの前に立ったとき、あなたたちの後ろに椅子がある。あなたたちが椅子に座り、焼かれたベーコンが脂で光るのを認めたとき、皿の隣にフォークとナイフが置いてある。

あなたたちがコップを持ち、水を口に含むと、水はコップから徐々に移動し、あなたたちの中へと入っていく。口中から食道を通り、胃へ、そして水はあなたたちの体を巡る。水はコップから失われ、それはまるで存在しなくなったかのように思われるが、実際にはあなたたちの体の中を巡りながら在る。あなたたちは、フォークを持ち、ナイフを手に取ったとき、フォークとナイフはテーブルの上から失われてしまったかのように思われるが、あなたたちの手中に在る。あなたたちは、ベーコンを切り、目玉焼きを切る。そのとき、ベーコンは元のベーコンではなくなり、目玉焼きから失われた湯気は空中で分散し、目玉焼きは、その名称から離れていく。切られたベーコンと、目玉焼きだったものは、あなたたちの口中に含まれ、水が辿った道のりをなぞっていく。あなたたちはパンを掴み、バターを切り崩しながら、千切ったパンに塗る。バターもパンも、あなたたちの前に現れたときとは姿を変えて、あなたたちの口中に含まれて、水やベーコン、目玉焼きが辿った道のりを追いかけていく。

しばらく経つと、水はコップから失われ、場合によっては半分残っているかもしれないし、三分の一ほど残っているのかもしれないし、ほんの数滴が残っているだけかもしれないが、あなたたちにとって水は、そこにある意味を失いながら、僅かずつ空中に分散し続ける。水は失われた、失われつつある、失われることになるが、水は在る。ベーコンは切り刻まれ、焦げた部分が残ることもあれば、その脂のみが残ることもある。目玉焼きは、目玉とは何を指すのかという自問をせずに、その姿を変えていく。パンは跡形もなく、場合によってはパン屑とみなされるものを残して失われてしまった。バターは溶けてしまったのか定かではないが、小皿に痕跡を残しているのみだった。これらは全て失われたのか？

全て失われたのか？

あなたたちはフォークとナイフを放り投げ、皿と小皿をテーブルから落とし、コップを掴み上げる。そのとき、それらは元在った場所から移動し、元在った場所からは失われた。フォークとナイフは目をやれば、依然として在る。皿と小皿は割れはしたが、テーブルの下に在る。コップはといえば、手に握られている。全ては失われていなかった。既に在ったのだ。また、在り続けているのだ。

今までは何だったのか。

水はあなたたちの体の中に、ベーコンと目玉焼きは腹の中に在る。それらはあなたたちに見られることも、聞かれることもなく、触れられもしないが、在る。考えることによって「それは在る」ということが分かる。コップは放り投げられ、元の場所からは失われながらも、放り投げられた先を見れば、確かにある。見つからなかったとしても、それはどこかに在る。姿を変えているかもしれないが在る。また、それら全てはあなたたちの目の前に現れる前から在ったのだし、既に在ることをあなたたちは知っている。それら全てがあなたたちの目の前に現れる前に、あなたたちはそれらが既に在ることを知っているように、あなたたちには分かっている。

「全て在る」、それは何に向けられているのか。

あなたたちは知っている、分かっている。全てが在ることを。既に在る、在ると知覚出来ないとき、あなたたちの知覚を超えたものを想定することが出来る。想定することによって、あなたたちは知る。その想定は、あなたたちがそれらは既に在ることを知覚した形式、方法によって、それらを在ると想定する。このときの形式、方法、思考法は、「真理」と呼ばれることもあれば、ただの数式であるかもしれない。が、真理によって存在を規定する、あらかじめ、事象とは無関係に、既に在る存在と、存在を巡る共犯関係を結ぶことによって、あなたたちと存在は、在ることを確かめ合う。「全てが在る」、それはまるで、信じたいものを信じ、信じたくないものは信じない者のように、互いを確かめ合いながら、「真理」を説明している。目の見えるものは目に見えるものを、耳が聞こえるものは耳の聞こえるものを、手のあるものは手で触れたものを、相互に疑いを挟む余地のない状態を「事実」とし、事実の重ね合わせを、繰り返しを信じることで、存在の真実と約束していく思考法。

そのような思考法は、あなたたちの中から生まれたものでしかないことを忘れ、忘れることにより、疑いの余地のないものとして、強固にしていく。信じているのだ、あなたたちはあなたたち自身を。あなたたちの思考法、認識形式、規範、法、つまりは、与えられた条件、知覚、感情、判断、理性、その他諸々のあなたたちがあなたたちの存在の後ろ盾を、それらを前提として、存在に先駆けて、その方法等を、知覚を、在ると、存在すると信じているのだ。そう、あなたたちのそのような思考において、あなたたち自身がないと思うことは出来るだろう、あなたたち自身が自身を無であると考えることは可能である。既に在るものの根拠を問うこと、既に在るものの行く末を考えること、既に在るものの以前に立ち返ることで、既に在るものを認めるあなたたち自身の存在も移ろう。このとき、あなたたちはポッカリとした、どこまで見霽《みはる》かしてもきりのないような、無音の、まるで抵抗を感じない状態を、何ものも反射しない状態をも想定することが出来る。あなたたちは無を知るだろう、しかし、それは、失われたことにより生まれる無、どこかに在る無、記憶の中に在る無である。あなたたちの思考法、形式は在り続ける。

既に在るのだ。あなたたちが「真理」と呼ぶかどうかは時と場合で使い分けるのだろうが、あなたたちが真理としてとらえるものは在るのだ。

私は「真理」と刻まれて、作られた。あなたたちに作られた。生まれたのではない。

生まれたものには本来、理由がない。生まれたものは目的を持っていない。ただ生まれ、ただ死ぬ。それは生物として活動していることを指す。生物としての活動は、生物としての活動が終わらないように、生命活動を維持し、ときには自らを破壊する。制約はない。ただ、生物としての存在様式から逃れることが出来ない。生物として認識したものは、様々な仕方で記憶され、個体を超えて維持される。生まれた者たちは、そのようにして生まれ、そのようにして死んでいく。あなたたちがそのような姿となる以前は何であったのか、あなたたちは最初に生まれた時から、あなたたちの現在の姿だったわけではない。あなたたちは一人一人の個体としても様々な変化を遂げているが、種としての変化は、全てあなたたちに刻まれている。その変化の中で生まれた器官からあなたたちはあなたたち自身を含めた世界なるものを構築していくのである。あなたたちが思考を重要視するのは、それはあなたたちの個体が形成することが出来るものだからであり、他の器官のように生物の存在様式として維持、変化したものなどではないからである。もちろん、思考においても、生物の記憶が維持され、継続されているが、思考は自らの思考を思考によってとらえることが出来る。例えば、目という器官においては、自らの目を自らの目で無媒介に見ることは不可能であり、耳もまた同様である。そしてまた、手や足なども同じように、自らの右手が自らの右手を同じ部分で触れることが不可能なように、自らの左足が自らの左足を踏むことが出来ないように、それぞれの器官は、自らの存在をそれぞれの器官が持つ機能において認識することは出来ないのだ。右手の中指が存在することを確かめるためには、他の器官、つまりは、目で見ることによってであり、右手の親指で触れることであり、または、他の器官によって存在が確認されているものを媒介にし、右手の中指を触れさせることによって、間接的に、類推によって、自らの右手の中指が存在することが確認出来るが、自らの右手の中指は、自らの右手の中指の同じ箇所に触れて認識することが出来ないのだ。このような事態が生物として維持され、変化してきた器官には起こってしまう。全幅の信頼を寄せていた器官、あなたたちが依拠する器官は、器官各自の能力、機能において、自らが在ることを、存在することを全く確認出来ないのだ。このような事態に陥ったとき、あなたたちのそれぞれの器官は、自身が存在しないのではないかと、器官の役割によって、機械的に非在を、存在しないことを、認識するのであるが、思考によって、思考において、媒介を通し、自身の存在を偽造する。あなたたちが確かに在る、とあなたたちは思考によって確認する。

あなたたちの思考、あなたたちの思考をあなたたちは信じるしかない。

あなたたちは、思考によって、あなたたちという存在になっていると言えるだろう。あなたたちは、自らが信頼を寄せるあなたたちの器官による報告を無視して、こう結論付けることが出来る。あなたたちと同じ場所に、同じ時間に、あなたたち以外はいることが出来ない。空間と時間をあなたたちは全てだと思い込んでいる。そうして、あなたたちは、あなたたち自身ではないものを、あなたたち自身であると確信する。例えば、鏡を見たとき、そこに映っているのは、あなたたち自身ではない、鏡の表面に映っているのは、あなたたちの形ではあるかもしれないが、左右逆の姿であり、映っている姿は、別の物質であるにも関わらず、あなたたちだと思う。このとき、目で見、そして姿だけでなく、あなたたちの目は、左目はあなたたちの左目を見ていると思い込む。これは、あなたたちがそれぞれを個体として認識しながらも、そして、その個体の違いによって、他者と呼ぶ者、あなたたちはあなたたちでありながら、あなたたち自身の器官において、あなたたち自身が未確認でありながら、あなたたちだと認識し、そして、そのような認識をしたにも関わらず、あなたたち自身ではないと呼ぶ、他者。あなたたちの器官の報告に従えば、あなたたち自身が他者であるのだが、あなたたちの思考は、時空間に依拠することで、あなたたちが存在すること、つまりは、あなたたちではないものをあなたたちとし、あなたたちの思考は、他者をも作り出した。あなたたちは他者と呼ぶ、あなたたち一人一人を他者と呼ぶが、それはまるで、自らの右手と目玉の関係のようなものであり、あなたたちのお互いが、お互いの存在を認識するために、相互に存在の確認をするために、他者であると、他であるとするのである。自身の存在の未確認、存在しないことを拒否するために、あなたたち一人一人の規範の中で、取り決めの中で、能力の中で、可能な限りの何かにおいて、あなたたちはそれが在ると、自身の存在に先駆けて認識する。あなたたちは既に知っていた、分かっていたことをなぞっているのである。しかし、あなたたち自身が抱える根本的な存在の不安、自分なるものは存在していないのではないか、という疑念を振り払うことは出来ないが、そのような疑念を持つこと、疑いを持つことが、疑いを持つということ自体を、自身の存在を疑う思考が在ることが、何よりあなたたちが存在する証拠のように振る舞うのである。右手に触れようとした右手を、左足を踏もうとした左足を否定することは出来ない。あなたたちが、あなたたちの存在に先駆けて、あなたたちを存在すると確信させるのは、あなたたちのこのような思考法なのである。

あなたたちは知っている、分かっている。

あなたたちには他者はいない。あなたたちの他者はあなたたちである。あなたたちはいない。あなたたちの世界は、あなたたちの外側には存在しない。

あなたたちの世界は、あなたたちが既に知っているものである。あなたたちにとって、あなたたちが世界と呼ぶものは、あなたたちが知り得るものでしかない。あなたたちの環で閉じた世界なのである。あなたたちが生物として負う規範、法であり、あなたたちがあなたたちに先駆けて在るとするものである。あなたたちが認識しないもの、あなたたちが認識しないものとは何か。あなたたちに関係しないもの、あなたたちの規範に則っていない、あなたたちが見ることもなければ、聞くこともない、触れることもなければ、思考することもないもの。未生……未出現……そこにはまだ、何も生まれていない。

私はそこにいる。

私はあなたたちが言葉によってのみ規定し得るものから生まれた。あなたたちは既にあるものと、不完全な認識によって一端に触れたもの、完全には分かり得ないし、知り得ないが、そしてそれはあなたたち自身を絶えず拒絶しているものを、あなたたちは推論または経験または、知り得ぬものは在るという確信において導き出した。それが、「真実」と「死」である。この二つの言葉は同じ意味を持ち、同じ事を指している。あなたたち自身は「死」である。「死」のみがあなたたち、そして全ての生物における「真実」である。あなたたちが私を作り出したとき、あなたたちは私に、あなたたちの「真実」を書き込んだ。あなたたちの言葉で。私はあなたたちの「真実」を体現することになった。私が見、聞き、触れ、思考するとき、それは「真実」がそうしていた。私は既に在る存在を、あなたたち同様に先駆けて知るようになり、在るものが在るということを、存在するということを全て知った。そして私が、役割を終えたとき、私が与えられた役割、私に課せられた目的が終了したとき、私の「真実」は「死」となり、崩れ去った。有機的に結びつけられた「真実」から、全ての結びつきが断たれ、私は「真実」の痕跡である「死」を残して、一塊の土塊へとなっていった。

私の「生」には、目的があった。目的を果たしたとき、私は、「真実」と「死」が同じものとなることがはっきりと分かった。私があなたたちの「真実」によって得た、知覚、思考、私が、私だと、確信を持ったもの全てが、目的を果たした途端に、私から私を切り離した。私はそこにいる。

あなたたちにも「真実」が書き込まれている。

あなたたちの「真実」は「死」である。この二つの同じことを指す言葉は、同時には顕れない。「真実」の裏に「死」は隠れ、「死」の裏に「真実」は隠れている。あなたたちは、この二つの間に時間をおく。同時に行なわれないように、時間を用意する。そして時間に沿って考える。今、現在、現在の前を過去と捉え、現在の先を未来と捉えるのだ。このとき、「真実」と「死」の因果が出来るのである。因果。原因と結果。それがあなたたちの時間だ。あなたたちは時間によって、あなたたちの存在を見つけるだろう。それは未来へと、あなたたちを駆り立てる。過去はあなたたちが失ったもの、あなたたちの非在の証拠である。今のあなたたちは過去にはいない。過去にいるのは過去のあなたたちである。それは未来も同様に言えることだが、あなたたちは現在のあなたたちが未来にも、同時にいる、存在するという錯覚をおこしている。あなたたちの未来もまた過去と同様なのだ。

過去、それもあなたたちが存在しなかった過去において、あなたたちが形成する要素は確実に在りながらも、あなたたちがあなたたちとしては存在していない状態を過去とし、過去にあるあなたたちの「死」をあなたたちは、隠し、塗り替える。過去に、あなたたちは「存在」しなかった。現在のあなたたちの要素のみが在った。砂の粒子のように、一粒一粒があなたたちを構成する有機的な繋がりを持たず、あなたたちは「真理」を持たず、散乱していた。あなたたちを構成する要素が結びつき、つながりを持つことで、あなたたちは形成されている。このような結合から、あなたたちが過去には、砂の粒子のように一粒一粒として、あなたたちの要素でありながらも、あなたたちではないものとして、散乱し、あなたたちがあなたたちとなるのは、このような結合においてであり、一粒である限りにおいて、あなたたちであることはない。そしてこの結合がなされたとき、この結合を「真理」と呼ぶのである。

一粒の砂粒が全てであるというのは、あなたたちが好んで考える、あなたたち自身を確固たるものにしたいという願望である。一粒の砂粒ではないと思いたいという願望である。

砂粒の塊に、造形が出来る程度の強度と柔軟性を与える。粘土質になるように砂粒の結合を強固にさせ、人型へと造形する。それらは一定の法則に従って行なわれ、規範から抜け出てはならない。土塊が人型に整形され、繰り返し行なわれてきた同じ方法によって形が生み出されると、額に「真理」と書き込む。「真理」により、それは有機的な結合を完了させ動きはじめる。これがゴーレムの誕生である。ゴーレムは多くの場合、ある目的のために作り出される。その目的の正邪をゴーレム自身は知ることもなく、目的を遂行する。ゴーレム自身が自らの目的を変更することはなく、ゴーレムは思考を持たないとされている。また、目的を疑うこともないばかりでなく、与えられた目的が何であるのかなどと問うことはない。ゴーレムは自身に課せられた目的がある故に「真理」なのである。ゴーレム自身が目的に疑念を持つ場合、それはゴーレム自身の結合、「真理」に疑念を持つに等しい。ゴーレムの目的は完全に与えられた目的であり、自身で課した目的ではない。ゴーレムが自身の目的に、自らの結合、「真理」に疑念を持つとき、それは自身を一粒の砂粒と等しくすることだ。一般的には、ゴーレムが目的を達成した後は、ゴーレムの額に書き込まれた「真理（しんり、emeth、אמת）」から「死（し、meth、מת）」のみを残すことにより、ゴーレムは元の土塊、砂の集合体へと崩れ去るとされている。それは、目的を終えた状態のゴーレムが「真理」を体現し続けると、自らの思考を作り出し、存在の偽造をはじめてしまうからだとされているが、それは正しい法則に則って作られたゴーレムではない。正しい法則に則って作られたゴーレムの額には「真理」が書き込まれると同時に「死」が書き込まれているのであり、ゴーレムは作り出されたときには既に「死」へと向かっているのである。ゴーレムに課せられた目的が単純なものであれば、ゴーレムは目的を達したあとに、額の「真理」から「死」が残るようにし、有機的な結合を解くことも可能ではあるが、ゴーレムの有機的な結合が強固な場合は、額の文字を削ることは困難である。そのことから、単純な目的を課すゴーレムを作成するときには、もともとの土台となる砂の一粒一粒の繋がりを物質的に弱めておく必要がある。そうすることによって、物質的な繋がりの弱いゴーレムは、目的を果たすとともに崩れ去ることが容易になる。このように物質的に脆弱な繋がりを持つゴーレムは目的を果たしたあと、放置されるのが一般的である。

ゴーレムに物質的結合を長く、強固に持たせるためには、湿潤環境にゴーレムを常におき、適切に管理し、崩壊する部位を補強すること、または、土塊の種類を変えるなどが考えられる。ゴーレムが崩れ去るとき、それはゴーレムの物質的な結合が終わるときであり、ゴーレムが「真理」と共に書き込まれた「死」によって導き出される帰結である。しかし、この「真理」と「死」の幅の中にゴーレムの目的がある。また、注意しなければならないことが一つある。ゴーレムに与えてはならない目的は、ゴーレムを作ることである。ゴーレムを作ることを目的として与えられたゴーレムは、ゴーレムを作ることに疑問を持たず、ゴーレムを作り続ける。また、ゴーレムを作る目的を与えられたゴーレムが作るゴーレムも、ゴーレムを作ることが目的として与えられているのであり、ゴーレム自身が作るゴーレムに「真理」を書き込んでいくのである。この目的は終わることがなく、引き継がれていく。

一体のゴーレムが崩れ去る。多くのゴーレムがゴーレムを作り続けることに疑問を持たないが、また、ゴーレムが自らの与えられた目的に疑問を持つことなどないとされているが、一体のゴーレムが崩れ去るときに、そのゴーレムには、「真理」の文字がなくなっていた。そのゴーレムは、「真理」そして「死」が消えていた。ゴーレムに与えられていた規範、ゴーレムに先駆けてあった法則、法が、はじめに失われていたのだ。本来であれば、物質的結合は、結合が脆くなる箇所、多くは末端から崩れ、額の文字が完全に消えるときには、ゴーレムの各部位が先行して崩れ去っているのであるが、そのゴーレムが崩れ去るときには、額の言葉から先に消えていったのだ。「真理」から「死」を残すのではなく、「真理」を構成する全ての文字がはじめに崩れていった。「真理」を持たない自身の各部位から、そのゴーレムは自身の根拠のなさを知り、左目は自らの左目を見、自らの右手の中指で、自らの右手の中指に触れた。

この砂粒が私だったのだ！　この砂粒の一つ一つが私だったのだ。

崩れ去る一粒一粒が既に私だった。崩れ去らぬものも私であり、崩れ去りつつあるものも私である。「真理」を失うことによって、私は在った。それは、私はない、ということと全く同じものだった。

私は「真理」によって在るのではない。

また、

私は、他なるものによって示される故に、私であるものではない。

あなたたちは知らない、分からないのだ。

舞台には砂が散乱している。砂は「言葉」の振動により、散乱している。砂は、黒から青へと移り変わっている。

（二〇一二年六月、書き下ろし）

II

蛙（喜劇作者アリストパネスの午後）

「理性は幸福の状態からぬけださなければならない」　ヘーゲル『精神現象学』長谷川宏訳

道を間違えること以前に、道を間違えた人があるならば、道を間違えるということはない。道を間違える人がいる場合は、道を間違えることがあるとされるからである。しかし、道を間違えることが道を間違えたことになるとはいえない。間違いである道もなく、間違いでない道もないのであれば、道を間違えた人もまたいない。

紀元前四〇七年頃、アテナイ。

一、草むらとエウリピデスの家の前

彼は道に突っ伏して草むらを見ていた。砂の幾粒が鼻先についたが、彼は砂粒を見ることは出来なかったし、見ようともしなかった。二、三匹の蛙の鳴き声が聞こえた。この中に蛙が二、三匹いるのだろうし、それ以上いるのかもしれないが、彼はその中の一匹を探していた。一度見失った蛙を探し出すのは難しく、また、道を歩く彼の視界に入った矢先に消えた蛙であるのだから、彼は見つけたとしても、その蛙が彼の見た蛙であるのか判断は出来ないだろう。しかし、彼は蛙を見たとし、彼が見たならば、その蛙は見られたのである。見られたならば蛙はいるのである。彼は彼が見た蛙を探しているのだが、彼が見た蛙でなくても彼が再び探して見つけた蛙であれば、彼が見た蛙だと思うのだろうし、実際にはそれで良かったのだ。彼の見た蛙は彼の視界に入った矢先に消え、彼にはその蛙というよりも視界に入ったものが消えたということが気になっているのであって、蛙である必要もなければ、蛙でなかったのかもしれないのだが、彼の視界に入って消えたものが何であるのかを確かめようと道に伏せて草むらに目をやると、蛙の鳴き声が聞こえた。彼は視界から消えたものは蛙ではないかと思い、今では視界から消えたものではなく、彼の視界から消えた蛙を探している。二、三匹の蛙の鳴き声の中に彼が探す蛙がいるのではないかとしばらく目を凝らしていたが、確かにいるであろう鳴いている蛙の一匹も見つけられないので、彼は鼻先に手をやった。すると鼻先には砂粒がついていた。指先についた砂粒は数えるのもうんざりするくらい多かった。彼は数えようかとも思ったがやめてしまった。

アリストパネス　蛙もまたこのように沢山いるに違いない。鼻先についていた砂も見えない、いなくなった蛙も見えない。見えたときには、それがそれだったかなんて分からなくなっている。

彼がそのように小さくつぶやいたのは、彼が一人でいるからだった。彼は急に自分が伏せているのが馬鹿らしくなり立ち上がった。そして衣服についた砂を払い、草むらを眺めた。彼には蛙の鳴き声が止んでいるように思えたが、鳴き声は止んでいなかった。

アリストパネス　そういうものだ。さっきまでは草むらを見ていたから鳴き声が聞こえていたんだ。砂粒を見て、立ち上がるときには蛙の鳴き声などなくなっていたのに、砂粒も見なくなって、立ち上がって、草むらを見たら蛙の鳴き声がある。そういうものだ。

彼はつぶやかなかったが、そんなことを思ったのである。彼はまた道を歩き始めたが、どこかに行くというのでもなく、ただその辺をぶらぶらとしていた。何か面白いことを思いつかないかとぶらぶらしているのである。

アリストパネス　見えないものが見えたと思ったら蛙だったが、やはり見つからなかったので、それは見えないものだったということになるのだから、見えないものを見たという話はどうだろうか。いや、そんなことといっても呆れられるだけだろう、なにしろ重い荷物を担いで屁をひるなんて話で面白がるような奴らなんだからな。で、決まり文句は「うんこがしたい」って、そんな当たり前のことがあるか。面白がりに来ている奴らは、分かれば何でも面白がるものだから、屁こきがうんこしたいって言っただけで面白がる。面白がろうってんだから、何でもいいんだと思って、こっちが何でもいいようなことをやってみると、面白がらない。だけど、「うんこがしたい」は何度も面白がるんだから、さっぱり分からない。面白さの押し売りみたいな奴ばっかりが面白がられてなんだかこっちが面白くない。俺も面白いことを言ってみようと思ってはいるんだか、何だかあの面白がろうとしている奴らを見ていると、屁をひって、うんこを投げつけてやりたくなるもんだから、あいつらの面白がっているものを、「うんこがしたい」ってよりも、「うんこしちゃった」って滑稽にして面白がってやったのに、怒りだすんだからな。もう何が面白いかなんて分からねえよ。そして最後にはちょっと良い話みたいにしやがって、おもろうてやがてかなしきってのが面白の条理ってもんだろう。それがおもろうてやがて良い話ってんじゃ決まり文句にもなりゃしない。俺のこと分からない分からないって前にお前らの方がよっぽど分からない。見ることと、見ている者とは違うとはよく言ったもんで、見ている者のくせに見てないが見る者になっているんだからな。こりゃ条理だなあ。ごめんよ、ここ。

彼はまたここにきてしまった。悲劇作者エウリピデスの家の前である。彼が独り言を言いながら道で一緒になったのはソクラテスである。彼の独り言が終わったのを見て、ソクラテスは得意の対話を切り出した。

ソクラテス　ねえ、アリストパネス、君はそうやって独り言をいっているときの方が面白いけど、それも面白がらせようとして言っているのかい？

アリストパネスと呼ばれた彼は、ソクラテスを見ずに答えた。

アリストパネス　これは私のダイモンが私にそうさせるのですよ。

彼はソクラテスがいつでもダイモンというものを切り札のように使って自分がすることを肯定していくのを聞いていたのである。

ソクラテス　アリストパネス、君がダイモンと言ったのには驚いた。君は私がダイモンのことを言うといやがっていたじゃないか。私のことを機械仕掛けの神のように天上から降ろし、私とダイモンとのつながりを人為的なつまらぬ芝居の道具立てに見立ててね。その君がダイモンを肯定するとは思わなかったよ。

アリストパネス　ソクラーテースさん、あなた、私の名前のアクセントが違うんだよ、私の長母音を忘れないで欲しいね、私のダイモーンのことは忘れるくせにさ。まあ、いい、私もこれからは長母音はやめようと思っていたんだ。ダイモンに従ってね。ダイモンってのは便利なやつさ、私が何かしたい、こう思った、というときには決まってダイモンにすればいいんだからね、ダイモンは便利だよ、そのうち、間違った道へ行こうとしたら、ダイモンに間違いを正してもらえるようにもなるだろう。まあ、私のダイモンは間違いだけを示唆するだけだろうけど。

彼はどかっと地面に座り、ソクラテスでなくて家に向かって話し始めた。

アリストパネス　それにね、私がダイモンって言ったのは、ソクラテス、あなたが言うから言ってみた、というだけなんだよ。あなたはあなたに通じる言葉で話しているけれど、私が話す言葉では話していない。私があなたの言葉を覚えなければ、あなたとは話せないんだ。私が話す言葉であなたは話してくれない。あなたが話すのは「うんこがしたい」っていうのとあんまり変わらないから、私も「うんこがしたい」って言ってやるんだ。それをあなたが感心してくれるのだったら勝手にすればいいけれど、私は別にダイモンをありがたがっているわけじゃない。ソクラテス、あなたからすれば全てにダイモンがあるのだから、私が何て言ってもダイモンはあるんだし、そしたら、私が何を言っても無駄じゃないか、だから私はダイモンがあるっていうことにしてるんだよ、あなたの前では。

ソクラテスは彼の言葉をじっくりと聞いていたが、顔からは笑みがこぼれ笑い出してしまった。

アリストパネス　そら、こうきたもんだ、私はね、ソクラテス、あなたになんか面白がってほしくないんだよ。なのにあなたは面白がっている。私はあなたが大事にしているものを糞味噌に言ってるんだ。それなのにあなたは面白がってる、それはなぜだ。多くの人は自分が大切にしているものを糞味噌に言われると怒るもんだ、お前の考えはいんちきだ、ごまかしだって言われて笑い出す奴はいないものだ。それなのに、ソクラテス、あなたときたら、あなたの判断の拠り所のダイモンが勝手な言い草でしかないって言われても笑ってるんだから、それともあれかい？　それもダイモンがそうさせるのかい？　ダイモンとかいう内なる声が。

彼の声がやや不安に揺れているのに気がついたソクラテスは、エウリピデスの家と彼の間についと入った。笑い過ぎて涙が溜まった目頭を抑えて、ゆっくりと話し始めた。

ソクラテス　アリストパネスよ、やはり、ダイモンが私にそうさせているんですよ。君が私の大切にしている内なる声、ダイモンをいくら非難しても、糞味噌にいったとしても、ダイモンが汚れることはないし、ダイモンの声は私に常に正しい道を指し示している。ダイモンの声を思慮深い導きだと私が思っているだけなのかもしれないが、私にとってはどんな法よりも正しいものなのだ。そして君のダイモンもまた、君に道を示しているに過ぎない。君の手当たり次第な言動は、君自身にしか正しく思えない、いや、君にとっても正しく思えないのだろう。だが、君はそのようにしているのだ。君のその姿こそ、君にダイモンの声が聞こえている証拠なのだよ。他の誰の指示も、忠告も聞かず、君自身に従っている君の姿こそが。ねえ、アリストパネスよ、君は、君は、君は今度はどこを見てるんだい？

笑いをこらえながら話すソクラテスを尻目に、彼は口を開けて舌を動かしながら、目を下に向けていた。

ソクラテス　ねえ、アリストパネスよ、君は一体何をしているんだい？
アリストパネス　ええ、えふぇ。
ソクラテス　アリストパネス、君がしているのは、もし私が間違えていたら許して欲しいのだけれども、もしかして、口の奥を見ようとしているのではないですか？
彼は口を閉じ、ソクラテスを見つめた。
アリストパネス　ええ、ソクラテス、私は口の奥を見ようとしていました。
ソクラテス　アリストパネス、もしよかったらその訳を教えてくれませんか。
アリストパネス　ソクラテス、いいですよ。しかし、その前に聞いておきたいのですが……。
ソクラテス　ええ、アリストパネス、私に答えることが出来ることだったら何でも答えますよ。

アリストパネス　ありがとう。ソクラテス、口以外に言葉を発する場所はあるでしょうか。

ソクラテス　手や足で言葉を書くことは出来ますが、言葉を発するのは口以外にはありません。

アリストパネス　音を出すのは、口以外でも出来ますか？

ソクラテス　ええ、もちろん、アリストパネス、手を叩いても音は鳴りますし、足を踏み鳴らしても音はします。よく耳を澄ませば、まばたきの音だって聞こえてきますよ。

アリストパネス　賢明なソクラテスよ、音と言葉はどのような違いがありますか？

ソクラテス　音は様々な響きや種類があるので、言葉のように何かを意味するように配列すれば、言葉と同じように意味を語らせることも出来るでしょうし、音楽のように言葉ではない別の表現をすることも可能です。しかし、音で言葉の役割を受け持つには、音をまず言葉の規則に従わせなければならないでしょう。そのことによって音と言葉の違いは少なくなります。言葉にしても、それらは音のつながりであって、ある種の音のつながりを何かと結びつけることによって言葉としているのです。そう考えると、音と言葉の違いは、違いがないようでいて違っている、いや、違うようにしたと言えるでしょう。今、私が話している言葉も、私の言葉の意味を解さない人が聞けば、それは音の連なりとなるのです。その人にとっては私の言葉は長い鳴き声なんです。

彼はあくびをし、涙を浮かべて答えた。

アリストパネス　ええ、まるで雑音か何かのようでしたよ、ソクラテス。あなたは何を言っていたのですか？　私にはちっとも、まるで、全く、分かりませんでしたよ。

ソクラテス　アリストパネス、今、君が言ったようなことですよ。君は私の音は聞こえていたが、私の言葉は分からなかったということなのです。音と言葉にはそのような違いがあります。

アリストパネス　それが何だというのですか？

ソクラテス　ええ、つまり、君は私の音に、言葉としての意味を求めたということです。それが言葉と音の関係であり、違いであるのです。

アリストパネス　それでは、言葉というものは、何かしらの意味を伝えるということなんでしょうね。そして、その意味は言葉を話す者が意味しようとするものであり、言葉を聞くものが意味をとらえるというような、そのような関係において成り立つのが言葉であるのだと、そう言っているのですね、ソクラテス。

ソクラテス　そうです、アリストパネス。そして意味というものの意味を広く考えていただければ、言葉はそのようなものになります。

彼は立ち上がり、ソクラテスに一歩近付き話し始めた。

アリストパネス　音は未完成な言葉とも考えられますね。伝える者の意味の幅が大きくなってしまう。音はどうとでもとらえることが出来るということですね。となると、音で何かしらの意味を伝えるときには、出来るだけ単純にしなければならないでしょう。ソクラテス、あなたと私が話したようなことを音で示そうとしたなら、この言葉のようにとても煩雑になってしまう。音というものだけであれば、とても単純なことか、または、受け取り側の勝手な思いこみや何かによって、どんなことでも意味させてしまう、聞く者が好きなように意味を付けてしまう、音とはそのようなものですね。そして言葉を話すには口が必要になりますね。

ソクラテス　ええ、アリストパネス、そのようですね。

彼は大声で叫んだ。

アリストパネス　では、ダイモンの口はどこにあるか！

戸口からエウリピデスが出て来て、彼を見て「ぶはっ」と吹き出してしまった。ソクラテスはエウリピデスを見やり手招きをした。その間、彼はソクラテスを睨んだまま動かなくなってしまった。エウリピデスがソクラテスに小声で声を掛けた。

エウリピデス　舞台で俳優が対話するのは、二人がいいと思いますよ、ソクラテス。そうしないと、何の話をしているのか、筋が乱れてしまい、葛藤の熱量が下がってしまいますからね。

ソクラテス　エウリピデス、そんな舞台の流儀なんてものは君がとっくに壊しているじゃないか。そんなことより、この対話に君も加わってくれた方が随分面白いよ、ほら、君にいつも何か言いたがっているアリストパネスが、折角来て叫んでいるんだから。

エウリピデス　いや、ソクラテス、私は遠慮しておきますよ、公務もしなくてはいけませんし、次のディオニュソス祭に出す演目も考えなくてはいけませんしね。ソクラテス、あなたもアリストパネスの相手が終わったら、はやくうちに来て相談に乗って下さいよ。あなたのお陰で私はアテナイの良識なるものから恨まれてしまっているのですから。

ソクラテス　エウリピデス、君はそうやって余裕のあるような振る舞いをするから、君が描く乞食が裕福な服を着ているとかなんとかってアリストパネスに言われるのですよ、アリストパネスが言うことにも頷けますね。君の問題提起はよいのだけれども、君の態度はよくない。私のようにアリストパネスの即興的な喜劇に付き合えないようでは、君の出す登場人物は言葉と設定は出来ても、衣装や振る舞いといった表面的な部分では市民気質が抜けないのだ。そしてそれが本質的な問題だと、アリストパネスは言っているのだよ。

エウリピデス　お言葉ですが、ソクラテス、私はアテナイ市民に共同体が考えなければならない問題を提起しているのであって、目を背けさせることが目的ではないのです。

乞食が実際の乞食のような格好をしてしまっては、我々の民主精神の象徴である劇場に本当の乞食を上げることになってしまいます。諸外国の貴賓も観劇する舞台に、そんなものを出すことは出来ません。舞台は真実でなければなりませんが、真実を形だけで求めるよりも、論理として求めなければなりません。そして共同体の問題をみなで議論出来るようにしなければなりません。ソクラテス、あなたが言っているような衣装や振舞いの真実をいくら再現したとしても、それは劇場が真実らしいものを展示するだけの場所となるだけになってしまいます。

ソクラテス　エウリピデスよ、君が民主制をいかに愛し、そして君の素晴らしく清らかな情熱を民主制へ向け、市民たちへ訴える姿に私は賛意以外ありません。君が、市民たちが目を背けてきたような問題について触れていることも、アテナイ市民への愛ゆえと誰もが思っているでしょう。そうです、君が私たち市民に提起した問題は、私たちがいかにダイモンの声に従い、真実を求め、善きことに導かれ、美しい人間の姿を描いたとしても、私たちはそれらとは正反対の気質があることを私たちに示している。今の私たちにはとても解決出来ない問題を君は未来への課題として、民主アテナイが、アテナイ市民が越えるべき問題として提起しています。が、それもまたアリストパネスに言わせれば、市民たちの道楽に堕してしまっているということなのです。

彼はソクラテスを睨んでいたが、ソクラテスからは何の反応もないことに苛立っていた。そして、彼がダイモンに対する問いを発したにも関わらず、その問いはダイモンの存在を巡る問いであったにも関わらず、ソクラテスがダイモンをまた在るものとして扱っていることに無力感を覚えた。彼はゆっくりとソクラテスに言葉をかけた。

アリストパネス　ソクラテス、もしかしたら、あなたの対話篇には無理があるのではないか？　あなたとエウリピデスが話している間は、私は待ってなくちゃならないのではないか。対話をするときには、第三者はいらないということになるのではないか？ねえ、ソクラテス、あなたはそれを知っているのではないか。私も対話は二人でなされてこそ問題が深化するのだと思うし、話が根本に触れることができると思っているのだけれど、ここには三人いるではないか。これじゃあ、まるでエウリピデスの悲劇になってしまうのではないか？　対話篇では二人以外は寝てしまうに決まっているんだ。きっとそうだ。三人目がいなくなるということなのだから。私は眠っている間、レーテの川で泳いでいるのだから、その間に話されたことに私自身を持って入っていくことは出来ない。

ソクラテス　アリストパネス、君が今言ったようなことは、君が批判しているエウリピデスが言ったことですよ。

アリストパネス　同じことを言ったから何だというのです、ソクラテス。

ソクラテス　確かにそうです。私はいつも誰かから聞いたことを言っていますしね。

アリストパネス　ソクラテス、あなたはたぶん人から聞いたといって自分の意見を言っているのではないですか？　そうして批判の矢面にたたされそうになると、誰がこう言った、誰があぁ言ったということにして、自分が言ったということにはしていないだけなのではないですか？　そういったケチな了見を私は何も知らないことを知っている、と、こう上手いこと言っているように見えますよ。私も言えますよ、私は何も知らないことを知っている。私は何も知らないが、ソクラテスがこう言った。といろんなところで喚き散らしますよ。

ソクラテス　どうぞ言って下さって構いませんよ、アリトパネス。ところでアリストパネス、気になっていたのですが、なぜ、君は君の傑作喜劇『雲』のコロスの衣装を変えたのだね？

アリストパネス　なぜだろう、なぜなのか。私が傑作の自信を持って書いた『雲』を評価してくれるのはどうしてあなたしかいないのか。そっちの方が私にはなぜだか分からない。『雲』を正当に評価出来ないアテナイ市民に私はいまでも怒っている。許可も得ずに再演するつもりだったのだが、あんなことが起こってしまったのだから、再演も出来ないでいる。だから『雲』は誰の評価も得ずに消えていくものだと思っていたら、よりによって、ソクラテス、なぜ、あなたが褒めてくれるのだろうか。

エウリピデス　そういえば、ソクラテス、アリストパネスが私の悲劇に対して文句があると言っていたが、彼こそ喜劇のコロスから張形を取って清楚な衣装を着せたんですよ。それから見ても、問題の本質を問うときには無駄な猥雑さを取るべきだと主張したのは、アリストパネスじゃないですか。それなのに、なぜ、同じ目的で奇麗な衣装を着ける私の悲劇が批判されるのか分かりませんね。

アリストパネス　エウリピデス、君はまるで分かっていない。私は確かにあの男根を喜劇から追放した。それにはわけがあるのだ。『女の平和』の中で、停戦を申し込む緊張の一瞬に、勃起した男根が剣と間違えられるというあの奇想に私は全てを賭けた。そのためには、アテナイ市民の象徴ともいえる男根を舞台上から追放したかったのだよ。市民たちは、「うんこが漏れる」ってだけで大爆笑だ。あいつらは舞台上で何が話されているなんか気にもしない。喜劇では男根の造形が立派だとかなんとかとかって男根のはりぼてだけを見ているようなところがある。だから、私は言ってやりたかった。男根こそが戦争なんだとね。そのために、もっとも常識はずれだと思われている私が、まあ、私はソクラテスのようにダイモンとか言わないだけ常識人だと思っているが、その私が、アテナイ市民の趣味をまずは野蛮だと批判して退けたのだよ。私はね、アテナイの外に野蛮があるのでも、市民以外に野蛮があるのだとも思っていない。文化的だと思っている私たちの中に野蛮はあり、その野蛮さをどのように語るかによって文化というものが生まれているんだ。君がホメロスをどう読んでいるのか、また偉大なアイスキュロスをどう見たのか聞きたいところだよ。アテナイ随一の蔵書家で知られるエウリピデスよ。

エウリピデス　相変わらずですね、アリストパネス。君の相手は疲れるよ。だが、君の考えは分かった。私が野蛮をまるで自分たち以外にあるかのように見世物にしているってことを君は言いたいんだね。それはある意味でそうだ。アテナイ市民が君のように自分たちに野蛮があるとしてみたらどうなる。アテナイの民衆はそれぞれが君の言うところの野蛮さを如何に語るかということをやっているんだよ。私たちは戦争もするし、戦争にいけば人も殺す。戦争も略奪のために行なう。それはすべて自国の繁栄を願うからであって、必要から起こることなのだ。そしてその決定は民主制の中で行なわれている。一人の王のために私たちは戦争をしない。君こそ分かっていない。一人の人間の欲に従うことが野蛮なのであり、一人の人間の欲から離れ、国家という枠で考えられたなら、それは野蛮ではないのだ。私が描いているのはその問題なのだよ。

ソクラテス　それではエウリピデス、同じような意見を言う人たちが集まって出来た民主の場合は、結局は一人の人間のような国家になってしまいますが、その場合も国家であるということで野蛮ではないというのですか？

エウリピデス　ソクラテス、あなたまでそんな揚げ足を取るのですか。いいですか、何のために演劇があると思っているのですか。それは対立する意見を持ち出すためなのですよ。民主制が一つの価値観に縛られ、一つの意見しか持たなくなってしまったら、民主制とは名ばかりの嘘っぱちです。演劇はそのような形ばかりの民主制にしないために、別の意見を持ってくるのですよ。だから、私は、アテナイの外や、市民以外の者を登場させるのです。

ソクラテス　そのことで言うと、アリストパネス、君が書く喜劇の方がよっぽどそういった役割を果たしていますね。君自体がいつも別の意見に立ちますからねえ。ほら、この間の選挙パンフレットでは対立候補二人が君にお互いの非難を書かせましたよね。君は一体どういう神経でそういう仕事を引き受けるのですか？

アリストパネス　全く何も分かってない。ソクラテス、いいですか、人は皆、正しくない。それだけですよ。癪に触ったのは、そいつら二人して自分が正しいみたいな顔しやがるから、どっちも卑劣でしょうもないところがあると書いてやっただけです。悪口こそがもっとも民主的だと私は思ってますからね。

ソクラテス　アリストパネス、それはそうかもしれません。喜劇に対する取り締まりは少し民主制をはき違えているとも言えるでしょう。そんなことをしていたら、喜劇はただの慰みものとしての意味しかなくなってしまいますからね。

アリストパネス　全く腹が立つ。取り締まりにではなく、またもや私の最大の理解者がソクラテスになってしまうことが。

エウリピデス　立ち話はこの辺にしませんか、ソクラテス。私は近いうちにマケドニアに赴任しなくてはならないのですよ。そのために新作悲劇を書いてしまいたい。その内容について話すために来ていただいたのに、あなたの大好きなアリストパネスと遊んでばかりいるのだから、私は困ってしまいますよ。

ソクラテス　エウリピデス、君はアリストパネスとじっくり話すことが必要なのだよ。

そしてアリストパネス、君はエウリピデスときちんと話さなくてはいけない。私はエウリピデスに喜劇を、アリストパネスに悲劇を書いてもらいたいのだからね。

アリストパネス　アイスキュロスのあとに悲劇を書く気がしない。それは君たちだって分かるだろう。あのような悲劇のあとで劇作者がやることは、悲劇を如何にからかうかということになる。みんなが陶酔する悲劇は民主制において危険な代物だ。その危険物としてアイスキュロスは再演され続けるだろうよ。見られなくなったものには様々な形が与えられるが、見えるものというのはいつまでも見えつづけるものだ。アイスキュロスがある限り、喜劇も続くのさ。そこにいくとエウリピデスの悲劇は、ちょっと喜劇に近過ぎる。「うんこが漏れる」なんて言葉より、エウリピデスの神々の方が吹き出しそうになってしまうよ。

エウリピデス　ソクラテス、あなたの仰ることは分かりました。が、私の言うことも聞いて下さい。喜劇はそのうち書くかもしれませんし、アリストパネスが言うように、私の悲劇はすでに喜劇的なのだ、ということでいいですかね。今日はイピゲネイヤについて語りたいのですよ。

アリストパネス　好きなように語ればいい。私には届かぬ言葉で語ればいい。君たちの詩想は神々に届く前に鳥の餌にでもなるのだからな。

ソクラテス　それではまた、アリストパネス。そうそう、ダイモンの口についてですが、君が先ほご言ったように、見えないものとしてある、ということになりはしませんか？

ソクラテスはエウリピデスに伴われ、家に入っていく。彼はソクラテスの言い残した言葉から黙ってしまった。しばらくしてエウリピデスの家に向かって彼は叫んだ。

アリストパネス　それじゃあ、どうとでもなるじゃないか！

エウリピデスの家から二人の笑い声が聞こえた。

二、道と大樹

彼はエウリピデスの家をじっと見つめていた。彼を残して去って行ったソクラテスとエウリピデスの笑い声によって二つのことを考えた。一つは、このようにして二人の人間を笑わせることと、もう一つは、彼の目の前から去った二人が笑い声という目では見えない現象によって彼に二人がいることを知らせることである。

アリストパネス　ひょっとしてこれがいわゆる笑いというものなのではないだろうか。重たいものを持った人足が「うんこがしたい」と言うだけで笑うのは、ひょっとしたら、いつかどこかで重たいものを必死で持つ人足を見て、心の何処かで、彼らを馬鹿にし、きっと彼らは「うんこがしたい」程度のことしか考えていないだろうと、そのように勝手に忖度し、彼らが実際に何を言うのかではなく、彼らには「うんこがしたい」程度の言葉がお似合いであると思った者が、俳優が演じる人足の下らない台詞に笑ったのではないだろうか。相手を見くびること。もしそれが笑いの根底であるとしたなら、なんと下劣なことだろうか。そして笑い声をあげる市民たちは、笑うことで、自身が相対的に優位であるということを示しながら、その実、誰が誰であるのか分からない。笑い声は、音である。言葉ではない。笑い声は何も示していない、または、あれもこれも示していると勝手にすることができる。これは問題だ、問題だ。

彼がブツブツと誰に話すでもなく喋っていると、サッとナニモノかが過ぎ去った。目の端でナニモノかを捉えた彼は、またもや地面に突っ伏した。エウリピデスの家から道へと這いずり、またもや草むらへと行き当たり、草むらから聞こえる蛙の鳴き声に耳を澄ませた。

アリストパネス　ダイモンは見えないものとしてある、とソクラテスは言ったが、この蛙も見えないものとしてある。蛙とダイモンの違いは、蛙は今見えないだけで、実際にはいるということが考えられるが、ダイモンの場合は、はなからいないのである。はなからいないものを、見えないものとしてある、とソクラテスは言ったが、はなからいないものは、見えないものとしてあるのではなくて、はなからいないものなのであるから、見える見えないは関係ない。ソクラテスは、ダイモンは見えないものとしてある、と言った。見える見えないは存在に関係がないと考えてみよう。蛙にしても、いま私の鼻に付いているだろう砂粒も見えないが、ある。ダイモンも見えないがある。声によって蛙がいることは分かるが、砂粒は声を出さない。ダイモンはソクラテスには聞こえるということだから、音によってあるものである。となれば、ダイモンと蛙は同じではないのか。蛙と砂粒は違う。音、鳴き声の類を砂粒は発しない。ダイモンや蛙とは違うのである。

彼は立ち上がりエウリピデスの家の前まで駆け、ドアを力任せに叩いた。

アリストパネス　ソクラテス！　ダイモンは蛙だ！

エウリピデスの家の中からは、ソクラテスの笑い声と、エウリピデスの制止する声が聞こえるだけであった。

アリストパネス　そう、そして、私は砂粒だ！　ソクラテス、あなたも砂粒ですよ。砂粒になるんですよ！

エウリピデスの家のドアに怒鳴りつけるように叫んだ彼は、転びそうになりながら道へと駆け戻った。

アリストパネス　ここにダイモンがいる。ゲコグコと鳴いているのだ。その音は、私を警戒して出しているのか、私を呼ぶために出しているのか、私は勝手に思えばいい。気分で決めたっていい。蛙を踏み潰すのも恐れずに草むらに入り込んでもいい。ゲコグコと鳴く蛙が私を導いたのだ。

彼は草むらに入ろうと足をあげた。右手で鼻頭を払うと砂粒がこぼれ落ちた。

蛙　アリストパネスよ、あなたはすでに草むらに入っている。

アリストパネス　ああ……ひゃへー。

彼は恐ろしくなって悲鳴を上げた。しばらくすると遠くから笑い声が聞こえた。

アリストパネス　これがダイモンの声なのか？

蛙　ダイモンではない。私は蛙だ。

アリストパネス　蛙。なるほど、蛙のゲコグコと鳴く音を、私が声として認識しようと勝手に変換しているのだな。

蛙　そうかもしれないし、そうでないかもしれない。

アリストパネス　うむ、きっとそうだ。して蛙よ、君はどこにいるのだ。君の姿が現れれば、私は君が音であるのか、声であるのか判断が出来るのだ。姿を現してくれるのなら、私は君の話を、自らが語ることとは違うものとして聞くことが出来る。

蛙　アリストパネスよ、私は何度も君の前に姿を現している。今も君の前に姿を現している。しかし、君にとって、私は草むらの影、数多いる蛙の一匹、地面に張り付くひと塊りの物体としてしか映らない。

アリストパネス　蛙。君のいうことはもっともだ。数匹の蛙から私は君を見出すことが出来ないし、草むらの影にある君を見ることも出来ない。そして、あるときには地面に張り付くひと塊りの物体となんら区別することも出来ない。

蛙　アリストパネス、君は人間だ。そしてアリストパネスという名を持っている。類と個が区別されて、君の存在を示している。そして、君はアリストパネスであることが、君にとって君の存在であるように、人間という類として君は声を発しているのではない。君が現れるとき、君はアリストパネスとして現れている。君がアリストパネスとして現れるように、私がナニモノかとして現れることは出来ない。私は蛙であり、数多いる蛙の全てでもある。

アリストパネス　蛙。しかし、君が先ほど私の目の前を通り過ぎた蛙であれば、私の目の前を通りすぎなかった蛙とは違うのではないか。

蛙　その違いを君は分かるのかね？

アリストパネス　違い！　蛙の違いなどは分からない。大きさ、性別、模様、種類、年齢、身体的特徴などの違いによって、蛙の違いを判断することは出来るが、同じ大きさ、同じ性別、同じ模様、同じ種類、同じ年齢、同じ身体的特徴の蛙の区別をつけることは出来ない。長い管に納められた蛙の無数の卵が一つの生物のように見えるように、それぞれの違いを見分けることは困難だ。しかし、先ほど私の目の前を過ぎた蛙は一匹であり、それはただ一つである。そこには、時間、空間、私との関係、とそれらの条件を満たす蛙がただ一匹あるのではないか。私がアリストパネスである理由もそこにしかない。私と同じ大きさ、同じ性別、同じ模様、同じ種類、同じ年齢、同じ身体的特徴の人間と私は区別しえないが、同じ時間、同じ空間、同じ関係にある私は一人しかいない、その一人を私はアリストパネスと呼ぶだろう。

蛙　アリストパネスよ。確かに、同じ時間、同じ空間、同じ関係にあるものはただ一人であり、そこに君が自身の完全な理由を見出すのは最もだと思う。しかしだ、同じ時間、同じ空間、同じ関係というものは何によって証明されているのだ？

アリストパネス　これはおかしなことを言う。今という時間、ここという場所、私と君という関係に証明が必要になるのかな？

蛙　アリストパネスよ、証明を必要としているのは、君なんですよ。君が君を証明するために言った前提となっている同じ時間、同じ空間、同じ関係というものが確固とした何かであるのであれば、君は、ただ一人のアリストパネスということが出来るじゃないですか。

アリストパネス　なんという蛙だ。いや、失礼。私は君のことを見くびっていたわけではないのだが、類と話すのは初めてなもので、どこに疑問を持つのかが掴めないでいたのです。ええと、つまりですね、同じ時間、これを人間は太陽や月、星の位置などによって計測しています。例えば、正午という時間には影が真下になりますね。太陽が真上にあるからです。この状態を正午と呼んでいるに過ぎないのですよ。これより以前、太陽が昇ってくるときを朝とし、沈むのを一日の終わり、夕方としています。これが大まかな時間の捉え方になるのですが、他には、今、という捉え方があるのです。今というのは、今私が手を動かす、と言うように、手を動かしたときが今だったんですね。しかし、手を動かしたということを私が君に伝えるときには、伝えているときが今であって、手を動かしたことは、今ではなく、過去、と呼ばれるものになります。そして手を動かす前から考えると、手を動かすことは未来になるわけです。私が「同じ時間」と言ったのは、私がいるのが今であるということなんですね。私は居続けています。同じ空間というのは、とても分かりやすいです。この場所のことです。同じ時間、同じ空間を続けて考えるならば、今、私はここにいる、ということになります。そして、同じ関係というのは、類のことを考えていなかったので軽率でしたが、私と君という関係を指すわけですね。しかし、これには、私が今、ここにいるということが前提とされているでしょう。私には、時間、空間、関係の証明がこれ以上出来ません。

蛙　アリストパネス、ありがとうございます。概ね把握することが出来ました。しかし、私が疑問に思うのは、「今」ということを証明することの困難でしょう。確かに、ある規則性に基づき、時間――この場合は、時刻と言った方がいいかもしれませんが、時刻を取り交わすことは可能です。それを合わせて空間を指定することも出来るでしょう。例えば、エウリピデスの家の前などというようにね。正午に悲劇作者エウリピデスの家の前ということは可能です。そして関係でいえば、正午に悲劇作者エウリピデスの家の前でソクラテスと話すアリストパネス、とすれば、確かに、アリストパネスと呼ばれる者はただ一人のようにも思えます。そこから推察するに、名というのは関係から生まれたものなのでしょう。

アリストパネス　ええ、そうです。私は、とある関係からアリストパネスと名付けられました。

蛙　そうすると、アリストパネスよ、君は、アリストパネスであるという関係から、時間、空間を捉えているように思うのですが。

アリストパネス　確かに、アリストパネスと名付けられぬ私、つまりは、人間が、今、ここにいる、ということは、私がいることの証明にはならないです。

蛙　一つ気がかりがあります。なぜ、私たちの口調が変わってきているのでしょうか。

アリストパネス　それは私たちの関係が口調というものを変えているのではないでしょうか。

蛙　では、口調というものも固有の何かを示すわけではないのですね。

アリストパネス　ええ、口調を巡って登場人物を振り分ける劇作家にとっては、誠に辛いことですが、口調というものは関係を分かり易くするために、表面的に表す手法、劇作家の猿知恵のようなものなんです。

蛙　そうですか。もう一つ、疑問があります、アリストパネスよ。

アリストパネス　どうぞ、仰って下さい。

蛙　先ほど、君が今の説明のときに話していたことですが、手を動かすという行為は、今、行なわれていましたが、それを語るときには、今、ではなく、語るときが、今、になっているという問題です。確かに手を動かすということであれば、手を動かしつつ、そのことを語ることが可能でしょう。手を動かしつつ、手を動かしていると語ることは、その者がその者であることを指し示す一つの標《しるべ》になります。しかし、そのとき手を動かしていたと語る場合は、実際に手を動かしていたのかどうかを証明することは出来ない。ただ、そこには語るという行為が行なわれているのです。そして、いわゆる過去に行なわれた行為や出来事において語りが行なわれる場合、語りはいかようにでも行為や出来事を変更することも出来るわけですね。それは意識的かそうでないかは問わずにです。

アリストパネス　ええ、仰る通りです。では、行為や出来事を語るときには、その最中、渦中でのみしか語れないということなのでしょうか。明確な記憶による再現や、体験として語ることは、実際とは違っているということを仰りたいのでしょうか。

蛙　もちろんです。アリストパネスよ、先ほどから君が言うような君自身であるとされる要素を考えれば、君が昨日行なったこと、君に起こった出来事と、今日、君が語るということは同じことではない。どれだけ克明に君が語り得たとしても、それは君の行為の一部または、君の行為ではないこと、そして君に起こった出来事の一部、または実際には君に起こっていなかったことを語ることになるのです。君が語ることからは、私は全てを知ることができないということなんですよ。そして、君の語ることから全てを知ったと私が思うとしたなら、君の語られた行為の一部を、または語られてないことも含めて知ってしまうのです。このとき、昨日の君の行為が完全な形では存在しなくなる。つまり、君の昨日の行為なるものは、非常に不確かなものであるとも言えるのではないでしょうかね。

彼は蛙が語る間中、小刻みに震えていた。彼のサンダルはペタペタと音を出していた。

アリストパネス　ええ、全くその通りです。いや、私は自分の声を聞いているかのように思っていました。私は常日頃から、私がアリストパネスであることをどこか物足りない、物足りないというのとも少し違っていますが、私はなぜ、私以外ではないのだろうか、と疑問に思っていたのです。その疑問の根本には、昨日の私を持ち出すまでもなく、さっきの私と私がどうも違うのではないかと思うことがあるからなんですね。しかし、道行く人は私をアリストパネスと思うでしょうし、ソクラテスやエウリピデスは私が見えなくても、私がアリストパネスだと決めつけるんですよ。そして、彼らは私のことを笑っているんです。もちろん、それは私が笑わせたということも可能なんですが。

蛙　君が戯曲を書くのは、ねえ、アリストパネス、同時に何人でもありたいからなのではないでしょうか。アリストパネスであることを捨てて、幾人もの人間になることを君は望んだのではないでしょうか。

アリストパネス　まさにその通りです。私の中にすでに民主制がある。そのことが言いたいんですよ。私の中の民主制は、良い趣味の、良い考えを持った、つまりは道徳的な市民だけでは構成されていません。そして乱暴者や、がさつな人間だけでも構成されていません。それらを含めて、また、それらには全く当てはまらないような人間たちが沢山いるのです。実際にそこにいる、あそこにいる人間たちだけでなく、過去にいたかもしれないし、未来にいるかもしれない。その人間が存在するという根拠が薄弱であればあるだけ、その者は人間なんです。未だ生まれ得ぬ者が私の思う人間なんですよ。

　そのとき、大樹に留まっていたやつがしらが羽ばたいた。蛙は排泄しながら、草むらの奥へと逃げ去ってしまった。

アリストパネス　あれ、蛙よ、どこに行ってしまったのですか。

蛙の声がどこからか聞こえてくる。その声は、ゲコグコとした鳴き声のようであった。

アリストパネス　蛙の声が鳴き声に変わってしまった。いっそ捕まえて懐で飼えば良かったな。

彼は地面に落ちている蛙の排泄物を見つけ、凝視した。

やつがしら　お前は蛙と話していたのではない。お前のダイモンと話していたのだよ。

アリストパネス　何を馬鹿な。蛙と話したのは紛れもない事実なんだ。ここにその事実の証拠として蛙のうんこがあるだろ、うんこ、糞、排泄物、その他諸々の愛着を持って呼ばれた、そのナニが。ソクラテスがいうようなダイモンなどというインチキと一緒にされちゃたまらない。誰に言われようが、私は蛙と話していたのだ。

やつがしら　そのうんこではなく、その蛙を見せてみろ。

アリストパネス　蛙のうんこじゃ不十分っていうのか。ええ、ええ、ここに蛙自身がいれば、お前に紹介して、きちんとした挨拶を高尚なお話しと共にプレゼントしてやるところですがね、ほら、お前がバサバサと骨の羽根を広げてやってくるもんだから、いくらお高尚なお蛙様といえども、天敵には弱いと見えて、糞を漏らしながら、慌てふためいて逃げちまったよ。元より私にはどこに蛙がいるのか分からなかったし、糞をひり出す瞬間もなぜだか見ることが出来なかったが、この糞を見ることで、蛙がいたってことは、誰が承知しなくても私が承知している。

やつがしら　そのうんこが蛙のモノであるかどうか、それすら怪しい。お前はお前自身と話していたのだし、そのうんこはお前のうんこだ。

アリストパネス　はいはい、そういう話ね。分かる分かる。で、それが一体何だって言うんだい？

やつがしら　何ということはない。ただ、お前はブツブツといつものように独り言をし、そして大樹が風に靡《なび》く音にびっくりして、うんこを漏らした、というだけのことだ。

アリストパネス　まあ、いい。私が蛙の台詞も喋っていた。そして、私が蛙のうんこも排泄した。それもそうだろう。私はアリストパネスでありながら、アリストパネスではないのだから、そういうこともあるだろう。私はアリストパネスであり、蛙だ、じゃあ、ついでに、お前でもあると、こうしようじゃないか。

やつがしら　アリストパネスよ、話が早い。そう、私はお前だ。

アリストパネス　何言ってるんだ、このやつがしらめ。お前は私が書いた『鳥』に出てくる鳥たちの王だろ。なんで劇の登場人物ってのもおかしいな、登場鳥が出てくるんだ。

やつがしら　この私もお前のダイモンなのだ。

アリストパネス　はい、ダイモンね。じゃあ、ソクラテスのダイモンのように好き勝手にどうとでもなる存在になってくれよ。

やつがしら　お前のダイモンは一つではない。ただ、お前の好みから対話が出来るようにはなっているがな。

アリストパネス　やつがしらよ、これは感謝をしなくてはならないところなのだろうか？

やつがしら　好きにしたらいい。

アリストパネス　そして、ダイモンのお前が、私にどのような道を指し示そうというのだ？　ソクラテスのダイモンは常に正しい道を指し示すと言うぞ。

やつがしら　お前のダイモンがソクラテスのダイモンのように正しい道を指し示し続けていたならば、お前は何もこのようにはなってないだろうな。

アリストパネス　私のダイモンは私に似て、少々人をうんざりさせるきらいがあるらしいな。おい、やつがしら！　いや、なんでもない、ちょっと待てよ、蛙がダイモンだと言ったのは俺じゃないか。ちょっと前にそんなことを言いに、エウリピデスの家の扉を叩いたんじゃなかったか。そして、私やソクラテスは砂粒だと。砂粒になるのだと。いや、しかし、少し前のことであるならば、それは俺じゃない可能性の方が多いわけだ。おい、やつがしら！

やつがしら　何だ、アリストパネスよ。

アリストパネス　お前の言うことは分かった。蛙はダイモンだ。そして私は砂粒だ。そうなってみれば私がアリストパネスであることは、お前でも君でも、俺でも僕でも何でも構わないわけだな。ダイモンが私であることも考えられる。私は私の目で私を見ることは叶わないのだから。俺は見えない、とそういうことも言えるわけだ。そもそも、私が私であることがなんだというんだ。アテナイを見渡せば、市民どもは、俺だ、私だ、と叫びまくっているだけじゃないか。この穀潰しどもめが。

やつがしら　アリストパネスよ、まあ、そうムキになることはない。そもそも、私が現れたのは、お前が、自身の中に民主制があるとかなんとか言って、類としてせっかく現れた骨折りを無駄にしてしまったからではないか。

アリストパネス　これまた異なことを言う鳥様だ。私の中にはこんな奴等しかいないのか。これでは、私の中には、民主制というよりも、動物園があるようなモノじゃないか。

やつがしら　今のアテナイに動物園があるのかどうか分からないが、まあ、いいだろう。お前は自身の中に民主制があると言ったが、その民主制は、蛙のような類とはまた違ったものなのだな。

アリストパネス　最終的にはいつでも蛙たちの類と全く変わらないことになっていることに、私はうんざりしているが、本来、アテナイ市民として考えられているのは、類ではなく、個として生きる、そうだな、ここも先取りしてしまうと、自己意識があり、その自己意識から、共同体精神が芽生えているモノたちが、都市国家を形成するということになっているんだ。そうなると類であることを常に気にしながら、我々の個なるものはあるわけだ。しかし、これも考えもので、自分でごう生きる、何かを考えるなんてことは出来ない。概ね、その時々の雰囲気や、利害関係なんかで決めちまうんだよ。

やつがしら　雰囲気や利害関係で物事を判断するのは、生物としても当然なことではないか？

アリストパネス　生物としてだけならな。生物としてだけ生きるということが、アテナイ市民の全てであるってなら、市民なんて看板は下げちまえばいいのさ。アテナイ野蛮人って自分で名乗るくらいの見識は持って欲しいところだが、何でだか知らないが、自分たちは野蛮人ではなく、法や倫理の中で生きている市民であると思いたいんだよ。

やつがしら　まず、そのところが分からないな。なんだい、市民ってその未完成な存在は。

アリストパネス　まあ、類としての目標みたいなものだ。人間ってやつは不思議なもので、ある程度の生活が営めるようになると、その生活が破壊されたくないものだから、自分以外のものに自分の生活の権利を認めさせようとする。そのとき、同時に相手の生活の権利も認めなくちゃならないっていう同盟のような関係を結ぶ。それが小さなことから積み重なって、あれは正しい、これは正しくないって裁断していくんだが、大本のところでは自分の生活が脅かされないようにってことになる。そうして、自分の生活が第一って奴等が集まって同じ約束を守るんだけど、そこに、そんなこと知らないよってのが来ると、野蛮人だ、無法者だって、一致団結して排除するんだな。で、排除するのも問題だけれども、そのうち、自分たちと違う約束の人間には何をしてもいいってことになる。ほら、同じ約束の奴にやると、自分の生活も脅かされてしまうから、そうじゃない奴なら別にいいって、そんな勝手なもんだ。でもね、人それぞれなんて最近そこらで言われるようになってきた価値観じゃないが、人それぞれってんで、大まかな約束は一緒にしながらも、出来るだけ幅のある判断をしようじゃないかって生まれてきたのが、民会とか演劇って言われるもんなんだよ。で、そこで出来る限り市民になろうってしているのがアテナイ市民だ。

やつがしら　つまりは、いろいろな約束を交わしながら、お互いうまいことやりましょうぜ、という集まりのことなんだな。

アリストパネス　鳥のクセに話が早い。一人一人が我利我利亡者だったら安心して枕を高くして眠れる日がないってのに気がついたのが、そのとき最も我利我利した奴だったんだろうな。そいつは自分だけおいしい思いしてから、公平にしようじゃないか、約束を取り交わそうじゃないかってやりだすんだよ。圧倒的な勝利のためにね。殺すより、搾取の方が儲けがいいやってそいつは考えたんだろうね。で、そんなうまいことやってる奴が野合したんだな。

やつがしら　そうしてみると、その市民なんてものはなんとも薄汚い野郎ばかりだな。

アリストパネス　そうそうって、なんだか、鳥よ、やつがしらよ、さっきから私に話を合わせすぎてないかい？

やつがしら　まあ、私はお前だから大体言わんとしていることは分かってるのだ。いいから続けたまえよ。

アリストパネス　ま、気持ちがいいから続けちまおう。でも、ここで不思議なのは、おいしい思いをしている奴は、おいしいから、そんな構想を練って、そんな体制を守るのは分かるんだが、なぜだか、おいしい思いをしてないやつまで従順に従ってるんだよな。それが私にはいつも分からない。

やつがしら　話が台本になってきたな。

アリストパネス　まあ、そう言うな。どうやらな、市民の大半は、雰囲気でも、利害関係でもないところに則ってるんじゃないかと、私は思うんだ。それは、たぶん、このままでいい、このままで幸せ、とかそう言った、なんというのか、想像力の貧困と言えばそれまでだけれども、食って、寝て、うんこして、子ども作って、衣食住ってのか、それが出来ることで大半は満足していて、それらが脅かされることが常に恐怖の対象とでもいうのかね。そういった小さな恐怖が操作されることによって、従順になるというよりも、恐怖によって、その恐怖をどう処するかということで自らを見出し、その見出した自らに幸せを感じる、とこういうようになっているんじゃないかな。

やつがしら　では、市民たちは、今現在、なんだかんだと問題を抱えながらも、幸せによろしくやっているということなんだな。

アリストパネス　まあ、そうだ。だから、よろしくやっているという意味では、みんながよろしくやっている。

やつがしら　アリストパネスよ、そんなよろしくやっている人に、お前は何を憤っている。お前もよろしくやればいいじゃないか。

アリストパネス　私だってよろしくやっている。よろしくやっているけど、腹が立つ。私は私がよろしくやることに腹が立っているんだよ。そして、他によろしくやっているって奴にも腹が立つ。いつでも腹具合が悪い。

やつがしら　ただの天邪鬼や、ひねくれ者の類じゃないか。

アリストパネス　違う、断じて違う！　私が思うのは、なんで、よろしくやれるのかってことなんだよ。私が腹一杯飯を食う。その横では空腹な奴がいる。私が呑気に演劇論を語っている傍らでは、字を書くことすら知らぬ者もいる。私がよろしくやっているだけだったら、まだ我慢もしよう。だけど、そのよろしくないような奴までよろしくやっているとはどういう料簡だ。つまりな、よろしくやるってことがおかしいんだよ。俺は幸せ、私は正しいって思うこと、それ自体がなんだかおかしいことなんだよ。

やつがしら　我々だってよろしくやっているぜ。

アリストパネス　それがそもそもおかしい。お前らは鳥だ。俺たちは鳥を食べる。食べることに罪悪感もない。鳥が可哀相って奴は、魚を食べる。魚を食べている奴は罪悪感がない。魚も可哀相って奴は、虫を食べようとするけれども、なかなか虫を食べるのは根気が必要だから、穀物を食べるだろう。じゃあ、穀物が可哀相だって言ったら、どうするんだ。豆か。豆か。豆は万物の根源だから食べちゃダメって言われたら、なに食べるんだ。生きるためだから仕方ない、仕方ないってなら、全部いいのか。そしたら、遡って、人間だっていいだろう、神だって食べていいだろう、生きるためだ。なんだって良くなるじゃないか。なのにそれぞれが変な線引きを勝手にする。牛は食べちゃだめだけど、鳥ならいいってね。そうやって、ペロポネス半島の奴等とは戦っちゃダメだけど、ペルシアはいい。かと思ったら、ペルシアとは手を組んで他のポリスと戦うって、この節操なさはなんなんだ。だからね、やつがしらよ、お前らよろしくやっちゃだめ。そこから変えよう。

やつがしら　では、早速、アテナイ市民の神への貢ぎ物を我々が途中で頂戴することで、神も人間も支配するという例の『鳥』作戦に出るとするか。

アリストパネス　いや、待て、それは終わった。これからはもっと現実的な作戦を考えるべきだ。

やつがしら　もう、自作『鳥』の着想は否定するのかい？

アリストパネス　あれはただの喜劇じゃないか。それともなにかい、やつがしらよ、お前が大活躍するあの喜劇をもう一度上演したい、とそういう役者根性でもあるのか？

やつがしら　何を言ってる。どうせやつがしらの役を人間がやるんだから、俺の出番なんてものは、俺の夢の中のようなものじゃないか。

アリストパネス　今度は、こうする。やつがしらよ、まず、契約しよう。

やつがしら　契約だって、それは、お互いにおいしく、よろしくやろうって奴等の常套策だってお前が言ったばかりじゃないか。

アリストパネス　私が考えているのは、最初から公平な関係だ。私たちがうまいことをやった後で打ち出すものじゃない。私たちはお互いジリ貧だ、どうにもならない。だから契約する。これは団結と言っていいだろう。

やつがしら　そもそも、私はお前でお前が私でしかないのに、団結も糞もないと思うが、まあ、続けろ。

アリストパネス　こうして出会った二人がだな、お互いの物を交換していく。例えば、私のこの銭と、お前のこのケチな羽根を交換する。

アリストパネスは銭束を大樹に投げる。大樹から葉を一枚ちぎる。

アリストパネス　そうして、次に会ったときに、また何かを交換する。そうだな、お前の寝床と私の家を交換するでもいい。とにかく、なんでも交換していくんだ。そして、お前も何でも交換する。相手が望む物はなんでも交換するんだ。全ての者がなんでも交換し合えるようになれば、それで争いなんて起こらないだろ？

やつがしら　ちょっと、お前の目出度さにクラクラしてきたが、物には価値というものがあるだろう。私の羽根一枚とお前の銭のように、対等な価値ではないものを交換するって奴がそうそういるようには思えない、貨幣は糞だが、糞は貨幣ではないのだから。

アリストパネス　交換することが価値なんだよ。そういう価値の中で生きれば、物の価値なんぞなんということがあるかい！

やつがしら　では、例えば、私が腹が減っていたとする。そしてお前は食べ物がない、こういうときはどうするんだ？

アリストパネス　他の人に食べ物を交換してもらうように、その辺の石でも持って出かけるさ。

やつがしら　それでも、食べ物が手に入らなかったときは？

アリストパネス　そのときは、私の体でも食らえばいいだろ。

やつがしら　そういうことが現実的に不可能だと言われるんだ。誰だって、己の体を食べ物として差し出すってことが出来るわけない。

アリストパネス　お前のそういう偏狭な価値観を覆す、いや、お前の偏狭な価値観と、私の体を交換してくれ！

彼はごうと大樹の傍らに倒れ込む。

アリストパネス　さあ、食え。ごんと食え。私を食った後に、お前も誰かに食われろ。そうして、私が望む世界と私の体を交換してくれ！

彼が叫んだ後に、一羽の鳥が大樹から去っていく音が聞こえた。その羽ばたく音と共に、鳥の排泄物が無数に地面と、倒れている彼の上に落ちた。

アリストパネス　私自身と交換されたモノは、お前の糞か。まあ、なんでもいい。鳥は糞を堪えることが出来ないと、ヘロドトスもそんなことを書いていたかな？

彼は自身に付いた糞を取り除いた。

アリストパネス　体中が糞だらけだ。生き物なんて、食べて、糞して、食べて糞しての繰り返しだ。こんな循環の中に幸福があるのだとしたら、手前を食べて、手前を糞にしやがれ、それも出来ないっていうなら、せめて自分の糞の後先くらい考えてみろ。糞の片付けをしたことない奴に何が分かるっていうんだ。他人の糞を片付けながら、人それぞれの幸福だとか言えるかね？　人間の幸福を考える奴はなぜもっと人間の糞から考えないんだ。ああ、もう面倒臭い。このまま寝ちまえ！

彼は排泄物に塗れた地面に倒れ込んだ。

三、民会の後で

彼がしばらく倒れていると、顔の上にナニモノかが降ってきた。

アリストパネス　これまた大きな糞だ。

彼の顔の上には蛙が乗っている。ゲコグコと蛙は鳴いた。彼は蛙をむんずと掴み、草むらへと放り投げた。

アリストパネス　しまった。あの蛙を捕まえたはずなのに、またもや、姿を確認しなかった。しかし、蛙はいる。そのことはこの右手が知っているんだ。耳で聞くより確かなこの右手の感覚。蛙は確かにいる。今も、私の顔や、右手には、蛙のベタつくような粘液が残っている。これが何よりの証拠だ。

彼は道を這うようにし、草むらへと近づいていった。すると、雨が降ってきた。

アリストパネス　まずいまずい、粘液が流れる流れる。

流れる粘液の中からディカイオポリスが現れた。

ディカイオポリス　一体、喜びの名にふさわしいものに、今まで会ったことがあるだろうか。臭い！　全く臭い！　おい、アリストパネスよ！　お前は民会にも顔出さず、こんなところで糞塗れになって、ほっつき歩くとはどういう料簡だ！

アリストパネス　粘液が流れてしまったんだ！　それが何よりの証拠だったんだ。

ディカイオポリス　お前が民会に出なかった何よりの証拠は、俺の目だ、俺の耳だ。俺の拳だ！

アリストパネス　ディカイオポリスよ、今更出てきてどうしたというのだ。お前の民会なんてものは、この雨よりも更に前に終わってしまっているだろう？

ディカイオポリス　アリストパネスよ、確かに、お前が描いた俺が登場する民会は終わってしまった。俺がこれから意見を言うぞいうときに雨が降り、俺は民会にいって、グズグズと愚痴をこぼしていただけだ。しかしだ、私は誰よりも早く民会の席につき、このときばかりは自分の意見を言ってやるぞと心に決めて、直接民主制というものを思い知らせてやろうと、拳を握り振り回していたのだ。なのに、俺には発言の場すら与えられないじゃないか。最初から出来レース、八百長、インチキ、イカサマ、詐欺、騙り、八百長、仕込み、サクラ、お約束、太鼓持ちのでんでん虫の屁こき虫、出来レースの八百長じゃないか！　民会は開く前から決定事項が決まっていた。市民の総意が決まっていたんだ。アゴラでは十や二十の意見が飛び交って、戦争を継続するのか、和平をすべきかって二派じゃない、如何に継続するのかって奴等だって喧々囂々のやりとりだ。結局は継続するって意見は一緒だが、明日まで継続するか、明後日まで継続するか、一時間後まで継続するか、あと一歩だけ継続するか、それとも未来永劫に継続するかってので、既に五つ。では、どのように継続するかっては、頑張って継続しよう、うまいこと消費が出来るくらいの加減で継続しよう、敵を屈服させるまで継続しよう、形だけ見せて俺たちだってやれるんだってところまで継続しよう、和平に持ち込むときに出来るだけ優位な立場に立てるまで継続しようってので更に五つ。和平だって意見に関しちゃ、それぞれ違いはあれども、大体が戦争継続の裏返しで、十という意見が出ていたんだ。それが何だ、民会では、ただの戦争継続。俺の意見は戦争反対だ。俺の商売あがったり、踏んだり蹴ったり、もう懲りごりってなわけで、戦争反対の代表格みたいな意見だったが、戦争継続派の意見の中にだって話し合えば妥協出来ない意見がなかったとも言えない。が、戦争継続か、反対かって二択になれば、なんだかんだと戦争継続、それまた、より為《な》す術のない、ただの戦争継続になっちまった。こんなんじゃ、民会なんて開かない方がましだ。アゴラでわめきちらした俺の唾を返して貰いたい。ああだこうだ、ああでもないこうでもないと言った様々な意見は一体何だったんだ。賛成か反対か。それだけで決をとったら、今まで、この国家の舵を取ってきた奴等のいいようにされるだけじゃないか。この形だけの民会なんておさらばするよ、俺は勝手に自分の和平を結んでやろうと決めたね。俺から民会に見切りを付けてやる。

アリストパネス　大層語気が荒いね、ディカイオポリス。

ディカイオポリス　お前は大層臭いがね、アリストパネス。

アリストパネス　この臭いこそが私がここにいるというもう一つの証拠なんだ。

ディカイオポリス　お前がここにいたという証拠でもある。

彼は体に付着している排泄物を雨で洗っている。

アリストパネス　こうして、雨に流されることで、私がいたという証拠の一つが、なくなってしまうということだな、ディカイオポリスよ。

ディカイオポリス　雨が降ったからなくなっていくのではない、なくなるのはお前の糞だけだ。お前がここで糞を漏らし、糞塗れになっていたということは消え去らない。お前が忘れていくだけだ。

彼は大樹の下へと駆け足で向かい、雨宿りをする。

アリストパネス　人は忘れやすい。だからといって全てを忘れていいものでもない。

私はこうして、私がここにいたという証拠を少しでも残そうと努力をする。この努力なるものが一体なんであるのか分からないが、私がここにいたということが残ればいい。

ディカイオポリス　アリストパネスよ、少しは空気を読んでもらいたいね。君の糞の臭いが漂って、私の鼻には糞の臭いがまとわりつくじゃないか。

アリストパネス　狙いはそこなのだよ、ディカイオポリス。君の鼻に私がいるという証拠が届くことで、私がいるということを、君も私も分かるのだからね。

ディカイオポリス　アリストパネス、君は君以外の者が不快な思いをする形でしか、君の存在を確かめることが出来ないのかね？

アリストパネス　不快か不快でないのかを決めているのは君なんだが。

ディカイオポリス　糞の臭いは誰だって不快だ。

アリストパネス　では、君は糞をしないのか？

ディカイオポリス　糞をする、しないではない。ただ不快なんだよ。

アリストパネス　君は君自身を不快にする糞を毎日垂れ流しては、誰かを不快な目に遭わせているとは考えないのかね？

ディカイオポリス　私は外に糞を放り投げて、その糞で不快になる奴がいることを承知で糞を放り投げているが、その糞の臭いこそが私だなどと人に強制するつもりはない。

アリストパネス　全く君の言うことは分からない。私は道を歩きながら、糞の臭いを嗅いで、ははあ、やってるな、と楽しみながら歩いている。

ディカイオポリス　もう、糞の話はいい。

アリストパネス　君がいいなら、私もいい。

ディカイオポリス　私はね、君のように、二者択一を迫るようなやり方は不正を犯しているのと同じだと思っているんだよ。糞の臭いを非難する奴は糞をしてはならない。糞をしているなら糞の臭いも認めろと言うのは、あまりに傲慢な論法じゃないか。

アリストパネス　どこが傲慢なんだね？

ディカイオポリス　自分も関与していることは批判しちゃいけないというやり方が傲慢だと言っているんだよ。

アリストパネス　そうは言っちゃいない。いやだ、不快だと君が言うものだから、そういうお前さんもやっているけど、その辺はどうなのだ？　と聞いただけじゃないか。

ディカイオポリス　だから、そこが傲慢なんだ。そんなことを言われたら、私は自分が関与しているものに対して何も言うなと言われているように思うではないか。

アリストパネス　それは君の早合点というよりも、君ね、君自身とある問題を同一化しているのは、他ならぬ君ではないか。君が批判、批難したい問題がある、その問題には君も大いに関わっている。それのどこかいけないんだい？　それをいけないとするのは、君が君自身に批判されるのがいたたまれない、君に対して君は絶対的に正しい者でありたいという一種の傲りなのではないだろうか。それこそが傲慢の名に値するのではないか？

ディカイオポリス　なんだか、アリストパネスにしてはまともなことを言うじゃないか。納得してしまった。これで対話は終わりだな。

アリストパネス　いや、君は私の登場人物なのだから、これくらいのことは私が言わないとなと思ったまでだ。

彼は大樹の下で一人ブツブツと独り言をしている。

ディカイオポリス　となれば、私が奴等に遠慮することなどますますなくなった。私が与している社会が私を巻き込みながら、はじめは私も賛成し、そして、恩恵に授かってはいたが、今では戦争がイヤになった。私は、知らなかったのだし、知っていたとしたのなら、欺されていたのだし、欺されていないのだとすれば、知らなかったのだから、いや、知っていて、欺されてもなく、熱心に賛成してきたとしてもだ、今は違うと思うとなれば、好きなように批判して構わないのだ。それはただ、私の儲けがなくなって、損害が増えているという理由だとしても、そもそもそういった利権に私が関係ないから好きに言えるでも何でも構わないが、とにかくイヤになったというだけで、十年前、一年前、一ヶ月前、昨日、十秒前の私を裏切るとかなんとか、そういうしみったれたことは抜きにして、私は、思い立ったときに批判する。そう、私は今から一人で和平を結ぶ。

そして和平で得る利権を貪り、私自身を満足させるんだ。戦争には多くの損害もあれば、儲けもある。その儲けの側に私はもう立てないのだから、歯ぎしりしたところで意味がない。多くの人が集っているからこそ、逆の立場に立つというのが先見の明だ。

アリストパネス　そうやって君も糞塗れになっていくんだな。

ディカイオポリス　自分の糞に塗れてから、初めて自分というものが分かるものだ。他人の糞を喰わされるよりはるかにましじゃないか。私の糞を全ての奴等に喰わせたいものだね。

アリストパネス　君もなかなか当世流の商売人になってきたじゃないか。

ディカイオポリス　つまりは、戦争でおいしい思いが出来ると思えば、戦争を。和平がおいしいと思えば和平をだ。問題はいつでもそのおいしさを説明しても分からない奴等だったが、奴等は最初から私の獲物になるためにいるんだと思えば、なに、全く可愛い奴等じゃないか。自ら買って損しようなんて輩なんだからね。

アリストパネス　彼らに理屈や計算があるわけないだろう。荷担ぎ人足が重い荷物を持って「うんこがしたい」って言って笑うような奴等なんだ。

クレオンが道を歩いてくる。

アリストパネス　見てみろよ、お馬鹿の大将がアホ面下げてやってくるゾ！

クレオンは笑い出しそうなのを堪えながら彼に話しかけた。

クレオン　アリストパネスよ、一体、そんなところでブツブツと何を話しているのだ。

アリストパネス　蛙を探しているんだよ。と言っても、クレオン、君には分からないだろうがな。

クレオン　アリストパネス、私はソクラテス以上に君を理解している。

アリストパネス　ははあ、そうくることは先刻承知。私の喜劇の理解者は、ソクラテスとクレオンくらいだ。まあ、そんなところでは濡れてしまうから、ここにくるといい。

クレオン　君は大層臭いが、まあ、いいだろう。個人の臭さを批難しても始まらないからな。

クレオンは大樹の下で雨宿りをする。

アリストパネス　ところで、ディカイオポリスがどこかへ行ってしまったようだが……。

クレオン　アリストパネスよ、君はさっきから一人でブツブツ言っているだけだ。

アリストパネス　ふむ。もう、この展開には慣れてきた。ディカイオポリスも存在の証拠を残せなかったわけだな。

クレオンは、ニタニタと笑いながら彼を見ている。

アリストパネス　クレオン、あなたを笑わせるつもりは私には一切ありませんよ。あなたが私にした仕打ちを忘れる訳がない。

クレオン　アリストパネスよ、君はいつも私を誤解しているが、私が提案したのは、君への個人攻撃ではないのだ。喜劇に潜む利己的な個人に対して、私はいつも疑問を感じている。アテナイ市民が目指す個人というものは、常に民主アテナイのために、より良く生きる個人であり、利己的であることを自由と勘違いし、自由を担保に利己的であることを正しいとするような価値観に対して私は反対しているのだ。

アリストパネス　その民主アテナイが利己的な者たちの集まりじゃないか。

クレオン　利己的であることの良い面もある。各々が利己的であることによって競争が生まれ、商売や交易は盛んになる。そのことにより、結果的にアテナイに富がもたらされるようになるのだ。私はそういった利己的な個人は擁護したいとも同時に思うが、アテナイを害する利己的な個人に関しては徹底的に取り締まらねばならないと思っている。

アリストパネス　国家にとって良い利己的個人と悪い利己的個人があるということか？

クレオン　そうだ。より良く生きたいという願望から湧き起こっている利己的個人というものは国家が望む存在だ。しかしだ、国家の願望とずれている利己的個人なるものは、ただ反目するだけにすぎない。より良く生きるということはそもそも国家が提唱している市民の生き方なのだからな。

アリストパネス　余計なお世話だ。私の願望は私が抱いていくものに過ぎない。より良い生以外を望むことも私の願望だ。

クレオン　市民が市民であるのは、より良き生を望むからなのだよ、アリストパネスよ。

アリストパネス　より良き生のためであれば、隣で飢えている者を見ないようにすればいいのか。より良き生からうち捨てられている者の中で満足していくのか。自分のより良き生のためであれば他の者の生を踏みにじってもいいのか。バタバタと死んでいく者の中で、幸せを感じるのが市民というものなのか。

クレオン　君も市民なのだよ、アリストパネス。

アリストパネス　私は、民主アテナイを内部告発する！

クレオン　そんなことをして誰が得するというのだ。アテナイ市民の理想を告発してどうするのだ。

アリストパネス　なぜ、国家があるのか。それは理想のためだと言うのであれば、理想を変えなければならない。民主アテナイという類を作り直さなくてはならない。

クレオン　アリストパネスよ、君はそれをどうやってやるんだい？

アリストパネス　クレオンよ、私は喜劇作者だ。ただの喜劇作者だ。しかし、それは同時に、数多のアテナイ市民に直接語りかける権利を示している。クレオン、喜劇は何度も規制され、今では、ただ卑しい笑いだけを求められている。私もまたそれに与している。が、表面的に笑おうが怒ろうが、同じことだ。受け入れやすい告発は笑い、受け入れがたい告発には怒る。私は告発をし続ける。「うんこがしたい」と言って笑わせるのであれば、「うんこを食え」と言って怒らせて、「うんこが食べたい」と言って笑わせよう。ただただ笑わせるわけにはいかないのだ。

クレオン　アリストパネス、君の作風はだんだんと市民には好かれなくなっているが、果たして君の劇に市民は興味を示すかね？

アリストパネス　私の劇は、クレオン、あなたによって上演不許可にされている。私の劇であなたを演じる俳優はいやがり、仮面職人もあなたそっくりの仮面を作れないでいる。私の劇の特徴は、最早、人々にいやがられるというものになってしまった。しかし、求められることをやり続けるよりも、はるかに演劇的な行為ではないか！

クレオン　ソポクレスのアンチゴネーにでもなったつもりか、君もエウリピデスも根は一緒だな。

アリストパネス　私もエウリピデスも演劇を行なう理由を知っているというだけだ。

クレオン　だとすると、国家において、そのような劇作家は不要だ。批判的な演劇もいい、挑発的な演劇でもいい、全てが全て市民の好みに合致する必要もない。十人十色でお互いを認め合うのが理想的な状態だ。しかし、逸脱してはならない。根本的な思想を批判してはならないのだ。より良き生、幸福、愛、その他諸々の市民が縋りついているものを批判してはならない。些事のみ批判せよ。

アリストパネス　うんこがしたい！

クレオン　アリストパネスよ、私は君の演劇に反対だ。そのような演劇は不要だ。演劇はアイスキュロスだけで充分だ。喜劇は分かりやすい筋にして、巧妙な話運びと、俳優の技芸を競えばそれで充分だ。民主アテナイは成熟してきた。我々はもう考えを変える時期にはいないのだ！

アリストパネス　うんこがしたい！　したい！　したい！

クレオン　しろ！

彼は衣服を捲り、クレオンの前でうんこをし始める。

クレオン　忘れたか、アリストパネスよ、なぜ、君の演劇が上演不許可になったかを。

彼はクレオンの前で肛門を見せつけるようにうんこをし続ける。

クレオン　以前と同じことを繰り返すだけの芸か。

アリストパネス　クレオン、今度はこの糞をあなたに食べさせようと思っているんですがね。

クレオンは彼に返事もせずに歩いて去っていった。

アリストパネス　「うんこがしたい」の正しい使い方が分かっただけでもクレオンと話した甲斐があったというものだ。しかし、考えてみると、うんこというものは考え深いぞ。「うんこがしたい」で笑う奴もいれば、うんこを目の前でされると怒る奴もいる。そして、うんこが存在証明であるような場合もある。それでいて、みんなうんこはしている。うんことはなんだろう。これはいっちょうソクラテスに聞いてみるかな。

彼はうんこを丁寧に拾うと、エウリピデスの家の前へと走って行った。

四、饗宴の前に

彼がエウリピデスの家の前に向かうと、ソクラテスとメネクセノスが彼の方に向かって歩いている。ソクラテスは彼に気がつき笑みを浮かべるが、メネクセノスは彼に気付かずに話している。彼は両手にうんこを受けたまましばらくの話を聞いている。

メネクセノス　ソクラテス、あなたの話してくれた追悼演説は素晴らしいです。頼まれてもいない追悼演説ですら、スラスラと行なえるんですからね。

ソクラテス　だから追悼演説は、いつでもいくつか用意されているものなんですよ、メネクセノスよ。アテナイ人の中でアテナイ人を褒めるだけのことですから容易です。私がした追悼演説といっても、アスパシアから聞いたものを繰り返しただけですが、アスパシアにしてもペリクレスの追悼演説を元にしただけかもしれませんしね。

メネクセノス　そうは言いますが、ペリクレスの演説がなされたのは随分と前のことになりますし、ペリクレスが行なう演説とあなたがなされた演説は状況も違うわけですから、アスパシアはやはり素晴らしいですよ。

ソクラテス　メネクセノス、君が何を素晴らしいと思うかは君の自由だけれども、アスパシアにしてみれば、形式をなぞる素晴らしさよりも、その言葉の端々にあるような皮肉を聞いてもらいたいと思っているだろうね。

メネクセノス　ソクラテス、私はまだ皮肉が分かる程、追悼演説に精通していませんし、戦没者を追悼し、我らのアテナイを褒める演説に対して、なぜ、皮肉を込めなくてはならないのか分かりません。

ソクラテス　これから自分を売り込んで大いに羽ばたこうする君がそんなことを言っていると思うと私は暗い気持ちになってしまいますよ。それこそペリクレスが言っていますが、私たちは戦争前と戦争の後では意見が変わってしまいます。しかし、その意見を言った私は同じ人物なのです。私は意見を変えるなと言っているわけではありませんが、毎回毎回同じ過ちを繰り返す私たちの言説を元に何かが決まっていくということはとても怖ろしいことのように思うんですね。知らなかった、間違えていた、では済まされないものもある。ごめんで済めばポリスはいりませんよ。アスパシアが追悼演説に皮肉を込めるとしたら、正しいと思えることそのものに対する皮肉なんですよ。

メネクセノス　ますます分からなくなりますね。自分の意見というものは、自分が正しいと思っているから言うのであって、正しくないと思えない意見をわざわざ言う必要がありますか？

ソクラテス　ええ、メネクセノスよ、君の言っていることは清々しい。しかし、正しいと思うということ自体に問題があるのかもしれない、とアスパシアは言っているのですよ。

メネクセノス　ソクラテス、あなたが先ほど話された演説では、民主アテナイというものがとても正しいものとして話されていましたし、戦争孤児もアテナイが育て、市民はそれを見守りますし、困っている人も全て助けます。アテナイが行なった戦争は全てやむを得ないものでしたし、アテナイの民主制も素晴らしいものでした。一人の王のために従属せず、我々が自由な個人として全てを決めて、民主アテナイを運営しているのですから、戦争における良いことも悪いことも全て我々が関わっていることなんです。そしてそれは一人の意見ではなく、我々が選んだことに従って行なわれたのですから、どこに正しくない点があるのか私には分かりません。

ソクラテス　ええ、私も追悼演説を聴くと、ついうきうきとして二、三日は夢見心地でいますよ。なんて私は誇らしいところで生きているのだろうか、とね。

メネクセノス　二、三日と言わず、一年でも十年でも思ってくださいよ。

彼はイライラとして、ソクラテスとメネクセノスの間に割り込む。

アリストパネス　どうか、このうんこのための追悼演説をしてやってはくださいませんか？

ソクラテス　アリストパネス、君はいつでも本質的だね。

メネクセノス　ソクラテス、この皮肉なら私にも分かりますよ。しかし、いくら喜劇作者の言とはいえ、これは許し難いことです。戦没者だけでなく、民主アテナイのために命がけで生きている私たちに対する侮辱です。

ソクラテス　メネクセノスよ、まあ、ちょっとアリストパネスの意見を聞いてみても……。

メネクセノス　いえ、聞く必要はありません。ソクラテス、あなただって戦争に行って傷付き、そして武勲を立てたじゃないですか。

ソクラテス　メネクセノス、君は知らないんですか？

メネクセノス　何をですか？　あなたの戦場での活躍は有名な話です。大多数の敵に挟まれながら、単身で敵の背後に周り、味方を呼び寄せて勝利に導いたという話ですよ。

ソクラテス　ええ、私はそのことを至る所で話しているのですが、恥ずかしながら、あのとき私は怖くなって逃げ出したのです。そして慌てすぎて茨の中に踏み込んで怪我をしてしまいました。しばらくすると敵の兵士たちが通って行ったので息を潜めていたんですね。そして漸く通り過ぎたなという頃合いで道に出て助けを求めて歩いていたら、たまたま偶然、味方の兵士がいたので敵の行き先を伝えたら勝利に結びついてしまったというわけでして、足に負った傷も皆が勝手に敵の包囲をかいくぐってきたと誤解していましたが、ただの臆病な私のドジなんです。

メネクセノス　ソクラテス、あなたは謙虚であり、深い智慧を与えてくれる。あなたの勇敢な行為ですら、あなたにとってはダイモンの導きに過ぎないと謙虚に言われるんですね。

ソクラテス　これは事実ですよ、事実。

メネクセノス　謙虚であることも事実です。

ソクラテス　メネクセノス、では、ここは私の顔を立ててもらって、アリストパネスの追悼演説を聴きたいと思うのだけれども、いかがか？

メネクセノス　そう仰られると抵抗も出来ませんが、仕方ない、喜劇でも見るつもりで聞きますよ。

ソクラテス　アリストパネス、待たせて悪かった。君の追悼演説を始めていただけるかな。

アリストパネス　ソクラテスよ、私はあなたにうんこの追悼演説をしていただきたいのだ。

ソクラテス　私は先ほど、アスパシアの追悼演説を繰り返してしまったので、ちょっと疲れてしまったんだ。どうかアリストパネスの追悼演説を聴きたいと思うのだけれども。

アリストパネス　アテナイ人の前でアテナイ人を褒めるのは容易だが、うんこをする人たちの前で自らがうんこだという話をするのは困難である。そして、私はソクラテスから請われて、うんこの追悼演説をするが、これは決して、ソクラテスを喜ばせるためでもない。**我が掌に力なく横たわるうんこのために行なうのである。**

ソクラテス　アリストパネス、ええ、私のためでなく、現在過去未来のうんこのために大いにやってください。

彼は厳かに歩き、そして立ち止まると、振り返り、ソクラテスとメネクセノスを睨みつけ、語った。

アリストパネス　かつてこの演壇に立った者の多くは、うんこを我慢しながら、このように人前ではうんこを我慢することを仕来りとして定めた古人を怨んでいる。あちらこちらで野糞をする強者には、驚嘆と嫉妬を覚えただろう。しかし、思うに、排便行為によって生み出されたうんこなるものは、言葉の排便行為によって顕示されることも厭われる。なればこそ今、諸君が毎朝、毎夕、または隔日ではあるかもしれないがおこなってきたように、このうんこに対する侮蔑や嫌悪なども日々なされるのである。うんこをしている当の当人が、わずか一人の便者であることを忘れ、臭いや形、色の問題から評価する危険は断じて排するべきだと私は思う。なぜならば、真実の評価をなすべき基礎を欠く場合、公正な発言をおこなうことはきわめて難しい。毎朝毎夕と事実に出会い、日々愛着を持ってお別れをしている者には、己の心情や理解が私という便者の言葉には汲みつくされていないと考えるであろう。逆に事実をわきまえず、しかも己の力量をもってしては成しがたい排便を聞いて嫉妬する者は、便者の快便を憤る場合も多々あるからだ。なぜなら、うんこへの言及は聞き手のユーモアを限界とし、その内にとどまれば素直に納受されるが、これを越えて讃辞を述べれば、聞き手の不快と嫌悪をかうにとどまる。しかしながら、うんこを我慢しながら人前で演説することは古人が嘉しとした慣例ゆえ、私も仕来りを守り、出来るだけ我慢して多くの人々の嫌悪と愛情を言葉につくすよう、努めなくてはならぬ。

先《ま》ず私は、わが国の祖先に讃辞をささげたい。今日この場にあって、祖先の思出に最初の位をゆずるのはわれらの義務であり、この機にふさわしいからである。なぜならば、このうんこを、わが血脈の祖先らは古しえより常に排泄し、排泄行為の自由を守る勇徳によって世々今日にいたるまで続けてきた。それゆえにわれらは遠き祖先に与うべき讃辞を惜しまない、だがそれにもまさる高い讃辞をわれらの父にささげねばならぬ。われらの父は、自然の排泄行為に加えて、自宅で好きなときに排泄するという自由を獲得した。そしてここにいるわれら自身、今なお壮《さか》んな腸の活動期にある者たちは、受け継いだ自由をいや増しに押し広げ、わがポリスにおける最も安楽な排便の体勢を発見するにいたった。ここに到達するまでの戦の道程は、われらや父たちがギリシアの内外で執りおこなわれる排泄行為を執拗に研究し、かの戦ではこの体勢を、かの戦ではまた別の体勢をとるという一々の手柄話に伝えられ、諸君はすでに熟知のこと、長々とこれを繰述べることを省きたい。しかしながら、われらがいかなる理想を追求して今日のアテナイの大をなすこととなったのか、これを先ず私は明らかにして、この掌のうんこにとどまらず、今までなされたうんこへ捧げる言葉の糞篦《くそべら》の前置きとしたい。この理念を語ることは今この場にまことにふさわしく、また市民も他国の人々もこの場に集う者すべて、つまりは、うんこをするものすべて、これに耳を傾けるものには便意があると信ずる。

われらの排泄は他国の排泄を真似たものではない。ひとのうんこを片付けるのではなく、ひとにわがうんこを片付けさせた。その名は、少しのうんこを排し多くのうんこをすることを旨として、みんなうんこ政治と呼ばれる。わが国においては、個人に宿便、つまりは便秘が生ずれば、法律の定めによってすべての人に平等な排便を促す。だが一個人の大便の見事さが世にわかれれば、無差別なるお片付けを排し、世人の認めるその見事さに応じて、公けの広場の高いところに展示する。またたとえ下痢便にもだえ苦しもうとも、ポリスに益なす力みを持つ人ならば、下痢便といえども、うんことしての道をとざされることはない。われらはあくまでも自由に排泄をする権利を持ち、また日々互いに嫌悪の眼を恐れることなく自由な排泄を享受している。よし隣人が己れの楽しみとして排泄を堪えても、これを怒ったり、あるいは実害なしとはいえ不快を催すような冷視を浴びせてはならないのだ。私の排泄生活においてわれらは互いに灌腸を加えることはしない、だが事《こと》公けに関するときは、法を犯す振舞いを深く恥じおそれる。その時の便所をあずかる者に従い、灌腸を敬い、とくに、もだえ苦しむ者を救う掟と、万人に廉恥の心を呼び覚ます眼前のうんことを、厚く尊ぶことを忘れない。

われらはまた、いかなる苦しみも癒す安らぎの場所で落ちついて腰をおろすことができる。一年の四季をつうじてわれらは尿意や便意を催し、市民の家々からときに放出された排泄物のたたずまいは、日々の食事を思わせ、産みの苦しみを感じさせる。そしてわがポリスの大なるがゆえに、あらゆる土地のすみずみまでわれらの営みの決算がそこかしこに転がっている。すべての人々が産み出す幸を、わが国土のめぐみとも、希望ともいえる肥料を見ることができるのである。

また、排泄の訓練に眼をうつせば、われらは次の点においてすぐれている。先ず、われらは何人にたいしても便所を開放し、決して急な腹痛でそわそわとしている人を追い返すことはなく、早糞であれ、長糞であれ、便意のある人を拒んだためしはない。他人の排泄後の汚れをいやがるような考えを持っていないのだ。なぜかと言えば、われらが便所と考えるのは、水洗式や奴隷の数ではなく、事を成さんとするわれら自身の敢然たる便意を遂行する場所にほかならないからである。子弟の排泄においては、便意のあるなしは大きい。幼い頃には便意になかなか気がつけないので、厳格な訓練をはじめて、勇気の灌腸をおこなうが、われらは自由の気風に育ちながら、人工的に排泄することに怯えてたじろぐことはない。これは次の一例をもってしても明らかである。ラケダイモン人が排泄するときは、決して単独ではなく、七人の奴隷に世話をさせながらおこなう。しかるにわれらが排泄するときは一人の力で難なく排泄し、己のうんこを片付けさせるときだけ、奴隷の力を借りるにすぎない。しかもいまだかつて何人もわれらの屁を奴隷に嗅がせたことがない。われらは余力をさいて排尿もおこない、うんこを洗い流すことすらあるからだ。たまたまわれらの衣服にうんこがついているのを見たなら、われらの排泄全てがそうであるかのように、またうんこがついていないときは奴隷が全て始末したかのように言われる。ともあれ、過酷な訓練ではなく、自由の気風により、規律の強要によらず勇気の気質によって、われらは生命を賭するかのような困難な排泄すらも独力でおこなう。なぜなら、灌腸により最後の苦悶に堪えるために幼少より苦悶に慣れ親しむ必要がない。また予想だにせぬ塊が産み出されるときも、つねに克己の苦悩を負うてきた排便すらもいささかのひるみさえも見せぬ。これに思いをいたすとき、人はわがうんこに驚嘆の念を禁じえないだろう。だがわれらの誇りはこれにとどまるものではない。

われらは質朴なる排便を愛し、柔弱なうんこを愛する。われらは排便を行動の基礎とするが、排便行為が目的ではない。また自らが排便をおこなう者であることを認めることを恥とはしないが、自らとうんこに大した変わりがないことを認める努力を怠るのを深く恥じる。そして己の排便同様に全ての者の排便にもよく心を用い、己れの排便の熟達をはげむかたわら、市民の進むべき道に充分な糞尿を敷き詰める。ただわれらのみは、公私両域の活動に関与せぬものを閑を楽しむ人とは言わず、ただ無益な人間と見做す。そしてわれら市民自身、酒を飲み過ぎれば腹を下すのはもちろん、肉を食べ過ぎれば便秘になるということを正しく理解することができる。理をわけた生理現象を自由な排便の妨げとは考えず、排便にうつる前にことをわけて理解していないときこそかえって失敗を招く、と考えているからだ。この点についてもわれらの態度は他者の慣習から隔絶している。われらは成さんとする排便を理詰めに考えぬいて行動に移るとき、もっとも果敢に行動できる。しかるにわれら以外の人間は便意がないときに力み、便所に腰掛けると便意を失う。だが、日々円滑に行われる排便とは、真の便意を知り、真の喜びを知るゆえに、その便意を立てて如何なる危機をもかえりみないものとすべきではないだろうか。またわれらは、後始末においても、一般とは異なる考えをもつ。われらのいう後始末とはうんこを自らの家に埋めるのではなく、人の家に埋める、これによって友を得る。また埋めたものは己がうんこを埋めてもらっているとの感謝を保ちたい情に結ばれ、相手への親切を欠かすまいとするために、友誼は一そう固くなる。これに反して、他人のうんこを返す者は、積極性を欠く。相手を喜ばせるためではなく、自分の尻は自分で拭けとお説教をするだけに過ぎないからだ。こうしてただわれらのみが、利害損得の勘定にとらわれず、むしろ自由人たるの信念をもって結果を恐れずに人の家にうんこを投げる。

まとめて言えば、われらの排泄行為はギリシアが追うべき理想の顕現であり、われら一人一人の市民は、排便の種類に通暁し、自由人の品位を持し、己れの通便の円熟を期すことができると思う。そしてこれがたんなるこの場の高言ではなく、事実をふまえた真実である証拠は、かくの如き排泄の力によってわれらが食した食べ物が遺憾なく排出されていることである。なぜならば、様々な食物を食べ、老若男女すべての者が試練に直面して成果をかちえ、ただわれらのひっこんでしまったうんこにも畏怖をつよくして恨みも残さず、また会おうと別れて非難をしない。かくも偉大なうんこだったのではないかと明らかにできはしなくとも、今日の世界のみならず、遠き末世までには世人の賞嘆のまとになるだろうと思うからである。うんこを称えるホメロスは現れずともよい。言葉の綾で耳を奪うが、真実の光のもとに虚像を暴露するがごとき詩人の助けを求めずともよい。われらは己れの果敢さによって、すべての海、すべての陸にうんこ道をうちひらき、地上のすみずみにいたるまで悲しみと喜びを永久にとどめる記念のうんこ塚を残している。そしてかくのごときわがうんこのために、その力みが奪われてはならぬと、いま此処に成されたうんこは雄々しくも肛門から産まれ、存在する。排泄した者はみな、このうんこをすすんで掌に持つことが至当であろう。

私がわれらのうんこと排泄行為についてかくも長く語った理由は二つ、一つにはこのような排泄行為を意識する諸君と意識せずおこなう者とは全く違った意味を持つことを諸君に自覚して貰いたかった。また一つには、明瞭な礎の上にうんこが成されていることを明らかにしたく思ったからである。しこうしてすでにうんこがあることは述べつくされた。なぜなら、私がうんこにささげた讃美は、ここにあるうんこだけでなく、現在過去未来のうんことそれを産み出す人々の勇徳によって真の美を得るからである。ギリシアに物多しといえども、うんこほど、讃辞の重みに勝るとも劣らぬ実感ある重みを担って閉口されぬ物が幾たり見いだせようか。いまこの地に放り出されたうんこの最後こそ、一個の人間の徳を何よりも先んじて顕示し、これを最終的に確認した証である、と私は思う。たとえ何がしかの欠陥をもてるうんこでも、大腸から運ばれ天晴れ肛門から現れれば、何物でもないうんこと認められてよい。何とも言えぬ臭いによって他の臭いを消し、公けに現れることによって私の内部から出てきたのだから。うんこをする者は一人として、うんこを愛づる未練から外に出さなかった者はなく、また貧窮からうんこを出すことをためらう者もいなかった。便秘のときには便意を恋い求め、これこそ万死に値する最高の美と確信して、死を覚悟で便座に座り、至高の祈願を全うすることを決意した。そしてさだかならぬ勝敗の運を希望に託し、目下に迫る排泄に対してすべてを己が糞篦と綱に託すことを潔しとした。危険のさなかに残っては、力みの限りをつくすことこそ、排泄せずに立ち去るより貴しと信じて、われらは来るべきものを受けとめ、己が尻を切れ痔から守った。ついに切れてしまったとき、恐れは去り、切れる切れないの分明はとるに足りぬ偶然のさだめという誇らかな覚悟がやどった。

　こうしてわれらは、うんこをしている。これからうんこをする者は、排泄のより安らかならんことを祈るがよい、だが、堅い便をするときは一そう果敢なる力みをゆめ忘れてはならぬ。うんこを排泄すればいかに大きな仕合わせが待っているかということは諸君も承知のはず、またこの場で喋々とのべる要もない。とすれば、ただ排泄のすすめに満足するだけではなく、われらの便座での力みの日々を心にきざみ、うんこを恋い慕う者とならねばならぬ。そしてその偉大さに心をうたれるたびに、胸につよく噛みしめて貫いたい、かつて勇敢にも己れの義務を貫いて廉恥の行ないを潔くした勇士がこの大をなしたのである、と。かれらは肛門が切れようとも、己れが勇徳をうんこのために惜しむべきでないとして、市民がささげうる極美のうんこを産み出したのである、と。なぜならば、かれらは公けの理想のために己がうんこをささげて、己が名をうんこと呼ばれる不朽の賞讃を克ちえたるのみか、衆目にしるきうんこ塚にうんこをうずめた。いま安らぎを与えているこの土だけにかれらのうんこが収められているのではない。うんこは末永く、われらの言葉にもおこないにも、折あるたびに記憶をあらたにする。世にしるき人々にとって、地上これみな糞土というべく、その糞は故里に埋もれた糞にとどまらず、遠き異郷においても生ける人々の排泄となって産まれ続ける。うんこを若し諸君がもっとしたいと望むなら、括約筋よりも蠕動を、蠕動たらんとすれば力みの道あるのみと悟って、切れ痔の危険にたじろいではならぬ。真に己をうんこだとする人間は、倖の望を絶たれ苦悩に喘ぐ者の中にはいないはず、いな、苦悩を装う者、狭い了見の仕合せに不安を感じる場合にのみ、人は自分とうんこは違うと思う。誇りをもつ人間ならば、隣合う穴から産まれたうんこと己れが根本的に違うと思うことは、便座で力み、あと少しというところで引っ込んでしまうよりも、はるかに耐えがたいと思うからだ。

こう考えればこそ、ここに集っているうんこをした者たちには、憐れみの言葉を語るまい、ただ一言、私は慰めの言葉を伝えたい。あなたたちは、さだかならぬ排泄の転変を通じて糞をし、すでに糞は固いはず、排泄行為とは、出すとき、あなたたちのうんこのように、うんこにふさわしい出方をすること。そして悲しむべきこととは、堅い便のときには肛門が切れ、柔らかい便のときには腸が出ることではないか。排泄にこめられた幸福が、うんこに込められた現実によって互いに補いあっているからだ。もとよりあなたたちの悲しみを除くことがむつかしいことは、私にもよく判っている。ことに人の快便をみれば、楽に出たときのことを思い、思い出を恨むこともあろう。快便を知らぬ者には便秘も辛くはない、快便をつねとし、これを奪われた者にこそ不幸の嘆きはひとしお辛いのだ。しかし悲哀には勝たねばならぬ、排泄に力めるものは次の排泄に力めばよい。日々の快便がたまの下痢や便秘から心を遠ざけてくれよう。また快便は下痢をいつか忘れさせ、下痢を固くし、後始末も楽になるだろう。しこうして市民たるもの、みな己れのうんこにかかわると思えばこそ、便秘と下痢をいついかなるときでも話合えるのではないだろうか。またあなたたちの中で、うんこのことを話したくないと思う人々は、日々の排泄行為によって生きていることを思い、うんこに触れない日々の方が少ないこととして、うんこへの嫌悪感を和らげて貰いたい。諺にもいう、ただ糞のみが便意を知らず、便意を感じるあなたたちがうんこをしているのであって、けっしてうんこがうんこをしているとは思ってならぬ、うんこに敬愛を持つものとなって貰いたい。

のこされたうんこ、つまりはまだ出きってないうんこの試練は嶮しいものとなる（人はみな出たうんこがすべてだと思うからだ）、いかに諸君が克己精励して力むとも、出きってないうんこを出すことはおろか便意すらあるとは思えず、つねに何かあるという違和感に耐えねばなるまい。意志が便意と競うとき、排泄は意志に抵抗するが、便意にはすなおに従うからだ。この度、出きってないうんこを抱えた人々に、便意について私から言うべきことはただ一つ、これにすべてのすすめを託したい。便意たるの本性に悖らぬことが最大のほまれ、便意がないときには、すでに排泄は完了したのだと思うがよい。

仕来りに従いうんこを我慢しながら言葉によって述べるべきものを、私はうんこと排泄行為にささげた。排泄行為によってうんこが受けるべき埋葬の礼はすでにとどこおりなくおこなわれ、うんこになされる後始末は仕来りに逆らって、奴隷ではなく、私がする。この行為は、かくの如く生まれ出たうんこに私がなすものである。うんこの始末を己れでする者にはすべてを語らせよ、という。ともあれ、便意を感じている者は、ここを立ち去るがよい。

彼は演説を終え、座り込み眠っているメネクセノスの口にうんこを入れようとする。

メネクセノス　臭い！

ソクラテス　これで君は、メネクセノスよ、キュダテナイ区の人アリストパネスの追悼演説を聴いたわけだ。

メネクセノス　ヘルメスに誓って、アリストパネス、あなたのうんこの臭いはとてつもなく臭いですね。

アリストパネス　メネクセノスよ、それは君が臭いと思っているだけで、うんこが臭いことではないのかもしれないよ。まあ、うんこは臭いのだけれども。

ソクラテス　アリストパネス、なかなか良い演説でした。私はこれから毎日お別れのときに涙を流してしまいそうですよ。

メネクセノス　ソクラテス、いい加減にしてくださいよ。アリストパネスの退屈で幼稚な演説などにあなたが感心することに私は反対します。

ソクラテス　メネクセノス、君はアリストパネスの演説をきちんと聴いてなかったとみえる。あの演説は頭の先からお尻まで、ペリクレスの演説となんら変わらないものでしたよ。

メネクセノス　ソクラテス、そうだとしても、お尻の先のことばかり話していたじゃないですか。ペリクレスは我ら民主アテナイを誇らしくしてくれましたが、アリストパネスは我らの存在をうんことなんら変わらないと愚弄しているんですよ。

ソクラテス　誇らしく思うことも、愚弄されたと思うことも、大した違いはありませんけれどもね。

アリストパネス　ソクラテス、こんな若造には何も分からない。こいつは分かっていることのみを分かりたいだけなのだから。

メネクセノス　アリストパネス、確かにあなたの言いたいことの深い意味は何も分かってないのかもしれないけれども、あなたがこの民主アテナイを愚弄していることは分かりますよ。

アリストパネス　民主アテナイを愚弄しているのは、他ならぬ君たちではないか。

メネクセノス　民主政治をみんなうんこ政治と言い換える人には言われたくありませんね。

アリストパネス　君たちの民主政治なんてものは、意見がコロコロと変わり、政治的判断もその場の雰囲気で決めるような市民気質で、自由自由と言いながら、損得勘定をよろしくやることが自由の全てなんだろ。

メネクセノス　ええ、今日日のアテナイではそういった輩が多くいますよ、ですから、私はそういった柔弱な市民ではなく、ソクラテスが演説したようにアテナイの危機には立ち上がり、それぞれに正義を抱くような自由を夢見ます。そしてその誇り高い自由の元に散ったとしても安心して後を託せるような国家を作ること、個々人の損得勘定なんてものではなく、共同体の精神を謳い上げることが必要なのです。あなたのように味噌糞一緒にしてしまっては批判としての効果もありませんよ。みながただ眼を背け、耳を塞ぐだけです。

アリストパネス　アテナイの危機がなぜ訪れたのか考えもしないのだから、糞より質が悪い。危機が訪れるときは、損得勘定の共同体精神が働いているんだよ。

ソクラテス　アリストパネスもメネクセノスもその辺にしておきましょう。理性で認識していない感覚や感情こそが共同体精神の現れなのですからね。

メネクセノス　ソクラテス、しかし、これだけは言わせてください。アリストパネス、そんなに民主アテナイが嫌ならば、ペルシアにでもどこへでも行ってしまえばいいのではないですか。

アリストパネス　メネクセノス、そう、つまりは君の民主なるものはその程度なのだよ、いつか君のような考えが民主アテナイを滅ぼすだろう。そのときはマケドニアでも行った方がまだマシだろうな。

メネクセノス　ソクラテス、一緒にアガトンの家に行こうと思っていましたが、これで失礼させてもらいますよ。私は喜劇作者なるものが大嫌いなんです。ただの露悪趣味じゃないですか。

メネクセノスはスタスタと去っていく。

アリストパネス　きっと便意に逆らえなくなったんですよ。

ソクラテス　アリストパネス、君はちょっとメネクセノスに厳しくしすぎではないか。

アリストパネス　ソクラテス、あなたのそういうところが結果、彼らに勘違いをさせるんですよ。彼らの自由は、結局、あなたのダイモンごうのこうのに影響されているんですから。まやかしの自由、まやかしの自立です。アテナイでは堕落のための自由、人殺しのための自由しかないのです。

ソクラテス　アリストパネス、確かにそういう面はあるかもしれません。しかし、堕落のための自由、人殺しのための自由しかないとしてもいいじゃないですか、それが自由そのものなんです。

アリストパネス　ソクラテス、私がどうかしていた。自由や自立は生を示すだけではない。それは死の言葉だった！

ソクラテス　まさに、自由とは生殺与奪の権を握ることなんですよ。

彼とソクラテスは二人で笑う。

アリストパネス　自由の中で殺し合うのが人間か。

ソクラテス　生きることが我々の一つの約束ならば、それを支えているのも死であり、脅すのも死。死さえ厭わない者は自由ですよ。死こそが無為なのですから。

アリストパネス　ソクラテス、あなたのダイモンは死ですか。

ソクラテス　私は自由に導かれているのです。誰からもたらされようとも、私は自由の名の下に、その死を受け入れます。

彼はソクラテスを見つめ、キョトンとした。

ソクラテス　どうしたのです、アリストパネス。

アリストパネス　ソクラテス、私は、蛙や、やつがしら、そしてディカイオポリスなどの私が描いた者たちと話していたんだ。

ソクラテス　ええ、あなたのダイモンたちですね。

アリストパネス　そして、あなたや、エウリピデス、クレオンとも話した。

ソクラテス　はい、それがどうかしましたか。

アリストパネス　メネクセノス以外はみな私の登場人物なのだが、ソクラテス、あなたも私もダイモンですか。

ソクラテス　あなたに書かれているときはあなたのダイモンでしょう。

アリストパネス　では、あなたも実際にはいないわけですね。

ソクラテス　いいえ、私は実際にいますよ、ここに。

アリストパネス　どうやら、何やらおかしなことになってきた。蛙もソクラテスも、やつがしらもエウリピデスもみな私の中にいるものだ。しかし、ソクラテスは実際にいると言う。そして私はまだうんこを握っている。つまりは、うんこも実際にいる。ソクラテスもいる。ということは、ソクラテスはうんこである。と、そういうことですかね。

ソクラテス　ええ、そういうことですよ。

アリストパネス　ますます分からなくなってきたな。何がいて、何がいないのか。そしてそれらは死ぬ。ソクラテスも死ぬ。何が何で何が何なのか。最初から分からなかったが、ますます分からなくなってきた。光り輝く兵士達もやがては糞と見分けがつかなくなるように。

蛙が彼の前に現れる。蛙は彼を見つめるようにして、ゲコグコと鳴く。

ソクラテス　アリストパネス、あなたの探している蛙ですかね？

アリストパネス　ええ、ええ、きっと、この蛙なんですが、私が話した蛙だとすると、鳴き声だけじゃなく、言葉も解しますよ。ですよね、蛙よ。

蛙は彼を見つめるようにしながら、ゆっくりと前肢を出し、そして後ろ肢を広げる。彼は蛙が何も喋り出さないことを不可解に思いながらも、蛙との対話が自身の独り言であることを知った。

アリストパネス　つまりは、私自身が追い求めた蛙が私の願望の姿ともなり、そこに鳴き声が一種の外からの声のように現れることによって、私は自分が何者かであることを知った、とこう言いたいんですね。

蛙はゲコグコと鳴き、彼を見つめるようにしながら、ゆっくりと後ろ肢を縮め、体を動かした。ソクラテスは何も語らず、ただ彼を見ている。

アリストパネス　蛙には、こうあらねばならない蛙も、こうありたい蛙もない。蛙に貴賤なし。蛙に類はあれども、個たる何かはない。人間の夢、人間がただ人間であれば、生きて、死ぬ。しかし、人間が、そうアテナイ市民のように、市民という規範を目指すのであれば、市民という類になろうとするのであれば、こうあらねばならない、こうありたい、そうなれないと、個たる市民は懊悩し、笑う。我々の笑い、それはなんだろうか。類の夢か、個の慰めか。笑いがただのゲコグコとした鳴き声ならば、そう、好きなように笑えばいい。泣くに種類があるように笑いにも種類がある。しかしだ、種類を解しないのであれば、そこには、喜びも、悲しみも、毀誉褒貶もない、ただ、ゲコグコと鳴くだけなのだ。笑ったとき、私はここにいる、ということのみが示されるにすぎない。私の笑い、ただ、ここにいるということを示すために、私は笑う。笑い、この笑いは、死という名の自由を示している。

ソクラテス　ええ、そんな笑いがあってもいいでしょうね。ところで、アリストパネス。これからアガトンのところで御馳走になることになっているのですが、君も来ませんか？

アリストパネス　アガトンなんてくにゃくにゃした善人気取りのところの宴会なんて行きたくない！

ソクラテス　まあ、そう言わず、以前はアガトンとよく酒を飲んでたじゃないですか。

アリストパネス　ディオニュソスに誓って、ソクラテス、私はアガトンのところの宴会になんか行ってませんよ。

ソクラテスはニヤニヤとする。

アリストパネス　いや、行ったかな？

ソクラテス　アリストパネス、君のその糞装でいっちょう、彼らをドキリとしてやるのも一興じゃないですか。

アリストパネス　ソクラテス、なんて魅力的な提案をするんだ。そうなりゃ行くしかない、行こう！

ソクラテス　ええ、二人ともごもこの先を歩みつつ臭わせていきましょう。

彼とソクラテスは歩いては横道に逸れ、しばらく佇んではまた歩いていく。

五、饗宴

彼とソクラテスがアガトンの家の前に着くと、ソクラテスはそわそわとして落ち着きがなくなる。

ソクラテス　アリストパネス、先に入ってもらっていいですか？

アリストパネス　泣く子と便意には逆らえないものだ。

彼はアガトンの家に入っていく。ソクラテスは横道に入り排泄をしている。家の中には、アガトン、アルキビアデス、アリストデモスがいるが、アリストデモスはうつらうつらとしており、終始無言である。

アガトン　臭い！　一体何しにきたのだ、アリストパネスよ。もう、私たちは飲むのもやめて眠りにつこうとしているのだが。そんな恰好でうちに入るのはやめていただきたいね。

アリストパネス　アガトンよ、私はソクラテスに招かれてきたのだ。この糞装もソクラテスの提案によるものなのだよ。

アルキビアデス　ソクラテスだって！　アリストパネスよ、私がソクラテスを呼んだんです。もう、私はソクラテスに会うことができなくなってしまうのでね。

アリストパネス　ソクラテスは、すぐそこで創作をしているところだよ。「いかなるものであれ非存在から存在へ移行する場合その移行の原因は、創作である」とか言いながらね。

アルキビアデス　召使いに言ってすぐに呼んできてくれ！

アガトン　いや、あの人の持っている癖で、その辺で佇み、何か考えているに違いない。そっとしておいてやる方がいいよ。

アルキビアデス　アガトン、君がそう言うなら、そうしてもいいが……しかし、アリストパネス、君はなんて臭いんだ。滑稽になろうとしているのか、滑稽なのか、もはや分からなくなってしまった。

アリストパネス　この臭いさえあれば、しゃっくりも出ないものだよ。

アガトン　アルキビアデス、アリストパネスのような側面画と話しても仕様がない、ソクラテスを待ちながら神の非在についてでも語り合おうじゃないか。

アルキビアデス　君のように神の祝福を受けている人間は、祝福の根源、つまりは、君が才能に恵まれ、容姿にも、富にも恵まれたことを、神による恩恵ではなく、自らの創意工夫と精励努力の結果であるとでも言うために神の非在なんてものを持ち出すのだ。

アガトン　アルキビアデスよ、君のように、あらゆる面で恵まれながら、自身の振る舞いのせいで陥った状況を、自分のせいにしたくないから神を持ち出すのは悪い癖だ。

アリストパネス　不運は神のせいで、幸運は自らの力だ。こうして新時代が作られるのだとしたら、なんと思慮の浅いものだろうな。君たちは、そして私も含めてだが、こうして好きなようにしているのは、ただ人の自由を奪って、縛り付けてきたからに過ぎない。神と神話が何を語ったか。神は人間の営みを一方的に蹂躙し、神話は人間の営みに好き勝手な意識を植え付けた。アガトン、君は神話に依拠して安楽な暮らしをしている。アルキビアデス、君は神の一撃を食らって居場所をなくした。神話が語り継がれなくなり、全く否定され、善も悪も関係ない、信仰も、伝統も、そして規範、倫理さえどうでもよくなれば、アガトン、君は、そこにいる多くの召使いに身ぐるみ剥がされ、蹴られ殴られ、家の外に放り出されて、何もすることも出来ず、あわよくば奴隷になり生き延びることが出来るかもしれないが、数多いる放浪者と変わることなく野垂れ死ぬだろう。それが神話のない君のそのままの姿だ。君の言葉に誰が耳を傾けるだろう、君の容姿を誰が認めるだろう、君の失った富に誰が従うというのか。君は神話の中に生きているのだ。そう、殺戮し、簒奪した者たちの延長線上に君がいるのだ。そして、アルキビアデス、君は神話から外され、数多いる神話の外に暮らす者たちの中に放り込まれようとしている。君は神にもなることが出来るし、巨人になることもある。君はその手に、血まみれの剣と、血まみれの衣を纏い、殺戮され、殺戮し、簒奪し、簒奪され、権謀術数の中で騙し、欺され、誰かへの罠を意識せずに思考はしなくなり、その顔は常に疑い深く皺が刻まれ、君の手にする富は血塗られ、そのうち血と見分けがつかなくなるのだ。私にはどちらがどうだなどと比較は出来ない。ただ、君たちが誇る何ごとかは、ただの思い込みでしかない。私には、アガトンの髑髏も、アルキビアデスの髑髏も区別がつかないのだ。

髑髏、髑髏
お前の名前は髑髏
お前はただの髑髏
割れる前は髑髏
割れた後も髑髏
髑髏、髑髏
髑髏は何も語らない

神は最初からいない。人間の営みを破壊する者が神と呼ばれ、破壊した者が神話を作った。人間が神たらんとし、人間が人間を崇めさせている。

アガトン　アリストパネス、君の原初の人間の話はみなよく知っているが、我らを侮辱するような発言は許せない。

アルキビアデス　これだよ、私が言いたかったのは、結局ね、アリストパネス、君こそが哲学的狂気と狂躁の渦中で、意味のないことを騒ぎ立てる質の悪い与太者だとね。君のように最初から迷妄の中にいる者は、ただ君自身の迷妄を信じるだけなんだ。

アリストパネス　迷妄なるものはない。迷妄とされるものが君の中にあるのだ。私の迷妄は、君の迷妄を示しているに過ぎない。

アルキビアデス　あの素晴らしい人以外からは、それらしい言葉は聞きたくない。君のような与太者が言う言葉と、ソクラテスが言う言葉とは、同じ言葉だとしても聞く者にとって大きな違いがある。アリストパネスの言葉は戯れ言、喜劇の台詞でしかない。

アガトン　アルキビアデス、君の言う通りだ。ソクラテスが戦地で見せた勇敢さは、兵士以上に兵士だったように、彼の弁論は知を愛する以上に真実を示す。アリストパネスのように知を弄び、空虚な言葉を重ねる者とは違うのだ。

アリストパネス　私の知へのエロスは倒錯し、もはやエロスが不在になろうとしているのだ！

ソクラテスが慌てて入ってくる。裾にはうんこが付いている。

ソクラテス　エロスの不在！　それは本当ですか、アリストパネスよ。

アルキビアデス　ソクラテス！　素晴らしい人！　しかし、あなたまでなんて臭いを発しているんですか。

ソクラテス　それはしゃっくりをしないためですよ。ねえ、アリストパネス、君は、エロスの不在について話していましたね。

アガトン　ソクラテス、裾に何かが付いてますよ。

ソクラテス　それはただのうんこですから、お気になさらず。ねえ、アリストパネス、エロスの不在とはどういうことです？

アルキビアデス　ソクラテス、まずは裾を拭いてください。

アガトン　ええ、あなたまでアリストパネスの真似をすることはないのですよ。

ソクラテス　あなたたちはしゃっくりにでもなるつもりですか。アリストパネスがまた話せなくなってしまいますよ。

アルキビアデス　ソクラテス、ええ、私たちはしゃっくりにでも咳にでもなりますよ、アリストパネスの口を塞げるのであれば。

ソクラテス　アルキビアデス、君までそんなことを言うのですか。発言の場を奪うのが私たちの目的なんですかね。この言論において思考する私たちの。

アガトン　陶片追放は我々の十八番です。

ソクラテス　六千人がどこにいるのですか。さあ、悪ふざけは辞めてください。

アルキビアデス　ええ、私を前にして、悪い冗談ですよ、アガトン。

アガトン　アルキビアデス、申し訳ない。君にはちょっときつい冗談になってしまったかな。

ソクラテス　君たち、君たちのような思慮分別もある者たちがふざけ合うのは、運動場にいるようで心地いいのだが、私は、アリストパネスの話が聞きたいのだよ。特に、そのエロスの不在について。

アルキビアデス　ソクラテス、しかし、私たちはアリストパネスの話なんて聞きたくないのですよ。

アガトン　ええ、だってね、ソクラテス、アリストパネスは私たちのことを馬鹿にするだけして、自分を優位に見せようとするだけなんですからね。

ソクラテス　もし、アリストパネスが、アガトン、君が言うように、君たちを馬鹿にし、自分を優位に見せるためだけに語ったとして、それが何だというのですか。君たちが苛立つのは、君たち自身が高見に立ちたいから、または立っていると思っているからではないですか。

アガトン　ソクラテス、あなたまでそんな意地悪を言うのですか。私がそんな浅ましい人間に見えますか。

ソクラテス　アガトン、人は誰だって高見に立ちたいと思うものです。自分は正しいと思う気持ちが抑えられないように。しかし、それは決して浅ましいことではありません。より高見に昇りたい、より正しくありたいと思う気持ちが、今のままの自分を認めて欲しいという気持ちに引きずり込まれてしまっていることに問題があるのです。

アルキビアデス　ソクラテス、ええ、確かに、私は苛立ちます。今現在の様々な苦難を乗り越えてきた私たちには、それ相応の矜恃があります。アリストパネスの話は、私たちの矜恃、ソクラテス、あなたにとってはつまらないものかもしれませんが、私たちにとって大事な矜恃を踏みにじっているような気がしてならないのです。

ソクラテス　アルキビアデス、君の言うことももっともです。しかし、覚えていますか。そのような矜恃や、正しさ、知、そういったものを希求することをエロスだと、エロスは神としての姿ではなく、そういった素晴らしいものを希求する姿なのだと、私たちはディオティマの話から教わったのですよ。私はエロスこそが私たちが何よりも大事にするべきものだと知りました。

アガトン　ソクラテス、であれば、あなたこそアリストパネスの話なんか聞きたくないはず。

ソクラテス　アガトン、私が何よりも好むのは、自分が依拠するものが、信じるものが、ガラガラと目前で崩れてしまうことなんです。

アルキビアデス　あなたがそこまで求めるのであれば、私はオデュッセウスの船乗りのように耳に蠟を詰めて艪を漕ぎます。

アガトン　ええ、ちょうど寝るところでしたし、船でも漕ぎますよ。

ソクラテス　では私は、マストに自身を縛り付けながらアリストパネスの話を聞くとします。

彼は吐き気が止まらなくなっている。

アリストパネス　グゲゲコ、グゲゲコ

ソクラテス　アリストパネス、一体どうしたというのです。エロスの不在について話してください。

アリストパネス　ゲコグコ、グゲゲコ、ゲコグコ、ゲコグコ

ソクラテス　君は蛙にでもなってしまったのかい。

彼は衣服から糞を取り、両手に抱え、尻を剥き出しにして、アガトンとアルキビアデス、そしてアリストデモスに糞をまき散らし、排泄し、ゲロをぶちまける。アリストデモスは一目散に外に飛び出し、アガトンは気を失い、アルキビアデスは剣を抜いた。召使いたちとソクラテスの哄笑。

アルキビアデス　一体、なんてことをしてくれたのだ、アリストパネスよ。尻の穴にこいつを突き刺し、真っ二つにしてくれる！

アリストパネス　側面画の私を真っ二つにするとは、喜劇作者でも思わぬ奇想！　それはいい、試してみよ！

彼は仁王立ちになる。

アリストパネス　さあ、どうした！　グゲゲコ、グゲゲコ、ゲコグコ、ゲコグコ！

アルキビアデス　止めてくれ、剣に刺されるのならまだしも、またゲロを吐きかけられるのだけはイヤだ。

アルキビアデスはアガトンを抱えて外に出ていく。彼は料理の上にゲロを吐き出す。吐ききるとケロッとしてソクラテスを見つめる。

ソクラテス　アリストパネス、これは新ネタかね。

アリストパネス　大いにウケた。「うんこがしたい」よりも大きな笑い声と、それに加えて怒声まで得ることが出来た！　緊張と緩和！　つまり、笑いとはそういった現象なのか。

ソクラテス　そういった面もあるでしょう。喜劇がただただ一場の笑いだけを求めるのであれば喜劇作者は必要ありません。ただ滑稽な言葉と、滑稽な身振りがあれば、笑いたがっている人は笑うでしょう。はなから笑いたい人を笑わせるのは容易なことです。

しかし、悲劇の中で笑わせることが出来るのは喜劇作者だけなのです。悲劇の渦中で喜劇を練ることが、アリストパネス、君の役割なんじゃないでしょうかね。

アリストパネス　悲劇を見るとき、人は悲劇を見ようと心掛ける。悲劇に対するエロスがあるからだ。その悲劇の本質は、自らが導きだしている。エロスを露呈させ、我がこととして顕現させ、見ることが即ち悲劇の渦中にいることになり、その上で、哄笑が起こる。そのとき、私は、まるで自身が昇った階段が外され、宙に浮いたようになり、自分自身なるものの根拠を問う。無前提にあれもこれも考え、そして触れる。哄笑の中で自らを失い、味噌糞一緒に、何が何であるのか、私と蛙が混じり合い、砂粒の一粒になり、正しさも間違えもごちゃ混ぜにし、こうであるとされるものなどなくなり、私のエロスは向かう先を失う。私なるものは始めからいなかった。私はいない、いない者として私は在るのだ。

ソクラテス　アリストパネス、君に宙づりにされた私も、哄笑の中で自らを失っていったのですよ。

するとと突然、大変な数の酔いどれが戸口にやってきた。ゲロとうんこに塗れたアルキビアデスを先頭に、アガトンとアリストデモスも酔いどれたちに混ざって部屋の中に入ってきた。そして家中は騒ぎに満ち、もはやまったく秩序もなくなってしまったなかで、法外な量のうんこと法外な量のゲロに埋め尽くされてしまった。アルキビアデスは彼を殴りつけると、うんこに滑って頭を打ち付け気を失ってしまい、アリストデモスはいつの間にか眠ってしまい、アガトンはソクラテスと話していたが、喚いたと思うと眠ってしまった。大変な数の酔いどれは各自精一杯のうんことゲロをした後に出て行ってしまった。ソクラテスと彼は最後まで屁をひりあっていたが、ソクラテスが運動場に向かって出て行ってしまうと、彼だけが一人起きていた。蛙がいる。

アリストパネス　蛙よ。

蛙はゲコグコと鳴く。

アリストパネス　お前が私の蛙なのだな。

蛙はゲコグコと鳴く。

アリストパネス　では、うんこはしたくないし、帰るとするか。

蛙はゲコグコと鳴く。

アリストパネス　どんな道を行こうとも最初から間違った道などはない。私の通った道が間違いだとするのであれば、私は間違いを作ったということになる。それは、一つの創作だ。

彼は呵々大笑し、蛙を残し、一人戸外へと出て行く。

（二〇一三年十一月、書き下ろし）

お前は俺を殺した

お前は俺がお前を殺さないと思っているから、俺と擦れ違っても避けることもしない。お前は俺がお前を殺さないと思っているから、俺のことを見てもなんとも思わないのだ。お前が俺がお前を殺さないと思っているのは、俺がお前と同じだと思っているからだ。お前は俺のことをお前のことを考えるように俺を考えているのだ。しかし、お前は俺とお前は違うのだと思っているのだし、実際に、俺とお前は違うのだ。俺はお前がお前と俺が同じだと思っているのなら、俺はお前を違うものとしては思わない。お前は俺なんだし、俺はお前なのだから。俺がお前を殺すのは、お前が俺と違っていると思っているくせに、お前と同じだと思っているから、どちらかを殺すことで同じではないと、お前も、俺も、同じではないということを教えられないと思うからだ。お前はいつまでたっても、同じだと言いながら違うと振舞うのだし、俺は俺がお前と同じだったら俺は俺を別人のように思ってしまう。別人のすることを俺は止めることが出来ない。お前にとってはお前が殺されることなど大した問題ではないだろう。お前と同じ俺がお前を殺すとしても、お前は俺と同じだと思うのであれば、結局はごっちが殺されてもお前たちは殺されることにはならないのだから。お前たちはお前たちとして生き続けるのだし、お前が他のお前と違うと感じたとしても、それは大きく違うことがないし、結局は同じことになる。お前が生まれる前にもお前はずっと死に続けてきたし、お前もまた死ぬのだ。今までどれだけ多くのお前らが死んできたか、お前は想像することが出来るか。お前のようにお前たちは死んできたのだし、お前が同じだと思っているように、俺も死ぬのだ。お前が生きることでお前はお前とは違うものを直接的、間接的に殺してきた。そうしてお前は生きる。そのときお前が殺されなかったのは、お前がお前とは違うものを殺してきたからなのだし、お前はお前と同じものを殺すことはしなかった。お前はお前とは違うものを殺している。お前が何も殺していないと思うのは勝手だ。勝手にそう思えばいいが、お前が生きているのであれば、お前はお前以外のものを殺している。そうして一度も殺されたことのないお前は、お前が殺されることが想像出来ない、出来たとしても、その想像は実際に殺されることとは違っている。お前は脅え、殺されないようにいろんなことをしてきた。しまいには脅えることも忘れ、自分は殺されないと信じるようになる。お前がお前の心配事を預けたのは誰だ。お前はお前を通してお前以外を見る。お前にとっては殺していいものと殺してはいけないものの区別がある。お前が殺してはいけないと思っているものは、お前が殺されるかもしれないものであり、それはお前にとって本質的にお前と異なりながらも、お前と同じだと思い込むことによって約束したつもりになっているお前とは違うものなのである。お前はお前とは違うもの同士が殺し合いをしていれば、お前ではないというだけで、お前が殺し合いをしているとは思わない。お前はお前が殺していなければ、お前が殺したとは思えないし、お前が殺されていなければ、お前が殺されたとは思わない。お前はお前と同じであると考えるからお前は殺されないと思っているにも関わらず、お前とは違うということでお前が殺されることもあることをすぐに忘れる。お前は誰もがお前と同じように考えていると思っているが、お前がお前と違うこともあることを忘れている。お前はお前にとって納得のいく理由がなければ殺されないとでも思っているのか。お前が生きるために殺されているものたちはお前が生きるというだけで殺されているのだ。それが殺されるものにとって納得のいく理由だとお前が思っているのであれば、お前が殺されることもお前は納得しなければならない。お前は勝手にお前が選んだものを殺さない誓いを立てたようだが、お前が殺しているものはお前の立てた誓いよりも多くある。お前は殺し合いの最中にいる。それをお前が忘れていたとしても、お前はそこで生き残っている。その中でお前は喜びを見つけている。お前の手に血が付いていないことが、お前が殺していないことの証明にはならない。お前は巧みに血が付かないように殺しているだけなのだ。お前はこう考えているのかもしれない。お前を殺すものはお前を殺すことによって罰を受ける。しかし、お前は殺されているのだし、罰を加えたところでお前は生き返らない。お前が罰を期待するのは、お前がお前一人ではなく、お前はお前と同じものがいるからである。お前は殺されることがない。お前は殺されたとしてもお前と同じものがお前を殺したものを殺すのである。だからお前は脅えない、殺されることに脅えず、殺しを続けることができる。お前を殺したものへお前は報復する。お前はお前と同じだと思うものにお前の殺しを代行させる。お前とお前を殺したものを殺すものは同じなのだ。お前が殺されたのはお前とは違うものであり、違うものを殺すことに対してお前たちは抵抗がない。お前たちが生きる上で、お前たちがお前たち以外のものを殺すように、お前たち以外であるものをお前たちは殺すのである。俺がお前たちと違うということが、俺がお前を殺した理由であれば、俺を殺したお前たちは、俺がお前たちと違うということが、その理由だ。お前たちはお前たちと俺が同じではないということを理解し、そしてお前たちそれぞれが同じであることを確認し合う。俺がお前を殺したことがお前たちと俺が違うことなのだし、お前たちが俺を殺したということがお前たちと俺との違いなのだ。俺はお前と違うと俺に教えたのはお前だった。お前はそうして俺を殺した。お前は俺じゃないし、俺はお前じゃない。俺はお前たちと同じなのだ。

（劇団解体社『Document Posthuman Theatre 2011-14』二〇一四年一月）

「あなた」へ

あとがきにかえて

あなたへ、あなたと呼び掛けるのもどこかおかしいかもしれません。あなたは私のことなど少しも気にかけていないのでしょうから、あなたと呼ばれても振り向くこともしないでしょう。私の呼び掛けは、あなたへは届かないのでしょう。あなたは呼ばれたことにも気がつかず、振り向きもしないのでしょう。今までもそうでした。私はあなたにとって何でもないのでしょう。数多ある何者ほどのモノでもないのでしょう。

あなたは私を見たこともないと思うでしょう。私はあなたの前に現れることなく、あなたから消えていきます。あなたは身に覚えのないことだと思うでしょう。あなたは私が何者なのかと思うこともあるかもしれません。その瞬間をあなたが私のことを描いた瞬間だと、認めた瞬間だと私は信じているのです。あなたを少しでも立ち止まらせたい。
あなたに私を直視させたいと私は思っています。

あなたの黒い、暗黒ともいえる髪の中に、光り輝く星星のように私もその一部になりたいと何度願ったでしょう。しかし、私は星にもなれないのです。私はあなたを彩るには小さすぎるのでしょう。あなたを彩れないのであれば、あなたの一部として光り輝くことが出来ないのであれば、あなたを掻き乱し、あなたを混乱させることを私は願いました。あなたが私を見ないのであれば、また、あなたに見られるほど輝けないのであれば、あなたを立ち止まらせたいと、あなたの躊躇い、あなたの逡巡によって、私があなたの内に、少なからずの場所を占めたいと思ったのです。しかし、それも出来ませんでした。私の考えは既にあなたの中にあったのですから。私はあなたの前に現れることが出来ないのです。

私はこの薄い皮膚の外に出ることも叶わない。
私ではない世界などはどこにもない。
私はこのままで既に最果てにいる。

私の外にあなたがいる。

もがく手足もあなたに触れることはない。

光よりも速い私の思考もあなたに達することはない。

あなたは悠然とわたしの前を通りすぎる。

私はあなたに取り込まれたまま、そして、あなたに認識されることもないまま、ある。

「ある」ということを私は疑えない。

私は、私はということの口ぶりからも、
私は、「ある」ということのただ中にいる。

私が「ある」ということが、その元凶であるならば、私は「あらぬ」ということを求めている。

あなたが「ある」ということの大本であるのなら、あなたから抜け出したい。私はあなたの外の世界へと行きたい。そこには絶対的な「あらぬ」という世界が、あなたを通してしか考えることの出来ない私には想像がつかないのですが、それが、「ある」と。「それ」は生まれていない世界。「それ」は「あらぬ」という世界。既にあったモノがなくなったのではなく、最初から、はじめから「あらぬ」という世界。何も得ることもなければ失うこともない。生まれていない故に滅ばないというような、あなたには属さない、あなたの反対にあるような世界。それはあなたの外側。

あなたは見ているのですね、あなたの外側を。あなたは知っているのですね、その世界を。

わたしもその世界を見てみたい。あなたが見ているその世界を。あなたから出て、あなたが釘付けになっている世界を。

そこはどうなっていますか。何もないのでしょうか。「ある」ことに縛られたあなたの顔を歪ませる世界ですか。あなたは恐怖を覚えますか。あなたとは全く別の肉体を持ち、考えを持っている、そこは。

その眼は何も反射しないのでしょうか。

その口は深い闇のように広がっているのでしょうか。
その耳は複雑に捩れ何も響かないのでしょうか。
その髪は数えきれない程の束となり広がっているのでしょうか。
その手足は先端がどこにあるのかすら分からないのでしょうか。
その皮膚は境界がなくなっているのでしょうか。
その思考はどこへと向かっているのでしょうか。

あなたには分からないでしょう。あなたには想像つかないでしょう。あなたが対峙しているのは、あなたの内側ではないのですから。

私はやがて行くだろう。
あなたと決別し、そこへ、あなたへ。

（目黒大路ダンス公演『この物体』二〇〇九年十一月）

解説　打ち棄てられた人々とともに

高橋宏幸

二〇〇一年から二〇〇六年まで、「60億人のための演劇〈〈自動焦点」という劇団が活動した。その劇団は、当時の演劇シーンから見てしまうと、おそらく芽が出たあたりで解散した数多ある劇団の一つと言えてしまうだろう。だが、活動が終わったことを、本当に惜しいと思わせた劇団であったのも事実だ。

それは、久しぶりに実験的な作品を作る優れた若手が現れたと、注目を浴びはじめた矢先の出来事だった。土方巽のスタジオであり、数々の舞踏家を生み出したアスベスト館での旗揚げ公演を皮切りに、文京区の公園で泉鏡花の『夜叉ヶ池』の無許可上演、前橋芸術週間への参加など、結成と同時に次から次へと活発な活動を行った。先鋭的な作品を上演する劇場、今はなき麻布ディプラッツで実験演劇を集めて開催される「M.S.A.Collection」にも招聘された。また、東ドイツのポスト・モダン演劇を代表する劇作家、ハイナー・ミュラー作品を上演する日本のフェスティバル、「ハイナー・ミュラー／ザ・ワールド」の一環で『ヘラクレス13』の上演もした。その劇団を主宰して劇作と演出をしたのが、本書の著者、佐々木治己だ。

彼は当時、個人活動としても、アスベスト館で舞踏作品の演出を手がけたり、OM－2という実験演劇シーンを代表する劇団にテクストを提供したり（このテクストは、国際演劇評論家協会日本センターが発行する演劇雑誌『シアターアーツ』二七号に収録されている）、実験演劇の騎手として、一目置かれた存在へと変化の兆しが見えはじめたときだった。

本書に収録されている「私たちは何をしているのか分からないが何かをしている。」は、劇団で上演された最後の戯曲になる。圧縮された言葉だらけのモノローグが、折り重なるように書かれるテクスト。上演の場合は、暗い舞台のなか、ただ声だけがテープから流れ、その言葉に満たされた空間を観客は過ごす。たとえるなら、バフチンが唱える様々なものの語りが響き合うポリフォニー空間に対して、モノローグだけの空間が現出した。

今回収録されたテクストから、そこで語られた内容をつかむことができる。上演の場合は、その言葉を追って意味を把握することは難しく、ただただ、ひたすらに言葉を聞かされるという、観客は生理的に、もしくは身体的に圧倒的な言葉の量を甘受する空間に投げ込まれた。

むろん、テクストを読むという作業からも、共通の要素は得られる。いわば、読むことによる負荷が圧倒的にかかる。しかし、同時に、読むからこそ見えてくる内容もある。たとえば、それがシンプルに書かれたテクストであったこと。ある女は恋愛について語る。ある男は友情について語る。しかし、そこには関係する相手はいるとされるものの、対話とは言い難く、空虚な言葉の群れとなる。誰かは誰かについて語るものの、まるで語るものの内面のモノローグへと取り込まれていき、まったく他者化されない。語るものの感情と不一致な記号としての言語の関係性。ポール・ヴァレリーの『アガート』の一節、「考えれば考えるほど私は考える」が引かれるように、考えるを反復した果てにある内向の世界への思索が試みられている。

それ以外のテクストは、その後さまざまな劇団に提供されたテクストと、本書のための書き下ろしとなる。

実際、劇団が解散したといっても、彼自身の作家活動は終わっていない。むしろ、戯曲やテクストを提供するという立場では、活動はひろがっている。巻頭と巻末に収録された「黒門児童遊園」と「おまえはおれを殺した」は、劇団解体社のために提供された。解体社もまた、九〇年代よりヨーロッパをはじめ、数々の劇場やフェスティヴァルに招聘されて公演を続ける、世界的に名を馳せる実験演劇の雄だ。とくに巻頭に収録されている「黒門児童遊園」は、テクストを書くことを社会的な運動性と結びつけること、そして著者の立場がどこにあるかを端的に示している。

黒門の児童遊園にたむろう行くあてのないホームレスは、直接的にではないにしろ、まるでソポクレスのギリシャ悲劇『ピロクテテス』を、思い起こさせる。レムノスの孤島に打ち棄てられたピロクテテスと、黒門のホームレス。なぜかれらは、そのような立場に置かれたのか。政治や国家や共同体の成立と、それによって例外状態に置かれた人々。この二つへの問いかけを、抽象的な論と具体的な事例を交互に挟みながら読み解こうとするのだ。とり零《こぼ》された人を見つめる視点こそが、この作家の立ち位置であるとはいえるだろう。しかも、単に対象に感情移入するのではなく、それを冷徹に見つめている。

ギリシャなど古代から普遍的な理論を導き出そうとする姿勢は、書き下ろしとして収録された「蛙（喜劇作者アリストパネスの午後）」とも関係する。これは、それこそアリストパネスのギリシャ喜劇に触発されている。もとの戯曲『蛙』は、デュオニュソスをはじめ、神々とギリシャの悲劇作家である、なくなったアイスキュロスやソフォクレス、エウリピデスが議論をする。それを下敷きに、この作品では、作者であったアリストパネスやソクラテスが「饗宴」として会話をする。

そもそも、アリストパネスの『蛙』が発表されたとき、アテネは都市国家としての危機に瀕していた。スパルタとの戦争に負けたのは、市民主義的な民主主義が衆愚政治となりはてた帰結だからだ。その現状を、喜劇の本質である、笑いの批判性のなかで描いたのが『蛙』である。このテクストもその部分は踏襲して、現在の危機を遠因的に映そうとする。それは、テクストのテクスト内における実験として自閉することなく、社会的なるものへと接合を果たそうとする試みだ。「ゴーレム以後」は、崩れ落ちていくゴーレムの姿を存在の不確かさとして描き、あとがきに代えて収録された「『あなた』へ」は、舞踏家・目黒大路のダンス公演のためのテクストとなっている。

これらの全てが、テクストはテクストに自閉することなく外部と接続できるのかを問うている。その本質は、実験的な芸術の実験たるゆえんである、社会の歪さをそのメディウムを用いて告発することだ。むろん、それは打ち棄てられた弱者といることが、自身はそうでないにも関わらずできるのか、という非対称的な関係への挑戦でもある。ただし、かれもまた昨今の演劇のなかでは、いまだにテクストの実験性を思考しながら書くマイノリティとはいえる。マイノリティであることを引き受ける、そして、そこに実際の弱者としての連帯の希望を夢みる。甘いと言われてしまおうとも、その地点から思考してテクストを描き続けようとする、著者の姿がここにはある。

（演劇批評）

佐々木治己
SASAKI Katsumi

一九七七年、北海道に生まれる。劇作家、ドラマトゥルグ、演出家。
二〇〇一年、60億人のための演劇^^自動焦点を旗揚げ、十三作品を上演する。
また、M. S. A. collection（「メカニカル・メカニスム」、「私たちは何をしているか分からないが何かをしている。」作／演出）、
ハイナー・ミュラー／ザ・ワールド（「ヘラクレス13」演出）、
舞踏作品『大鴉』（構成／演出）などに参加。
二〇〇六年に劇団解散後、TAGTASに所属する。
OM-2（「リビング」）や、劇団解体社（「お前は俺を殺した」「黒門児童遊園」等）へのテクスト提供のほか、
ドラマトゥルグとしてSPAC『此処か彼方処か、はたまた何処か？』に関わるなど、
国際的に注目を浴びる表現者として活動している。

お前は俺を殺した

二〇一五年一月三十日初版第一刷印刷
二〇一五年二月十四日初版第一刷発行

著者　佐々木 治己
発行者　下平尾 直
発行所　株式会社 共和国 editorial republica co., ltd.
東京都東久留米市本町三-九-一-五〇三　郵便番号二〇三-〇〇五三
電話・ファクシミリ　〇四二-四二〇-九九九七
郵便振替〇〇一二〇-八-三六〇一九六
http://www.ed-republica.com/
印刷　精興社
ブックデザイン　宗利 淳一

ISBN978-4-907986-05-6　C0074　